吉本隆明の声と言葉。

その講演を立ち聞きする 74分

CD & BOOK

このCD＆BOOKの成り立ちや性質のことを、まえがきがわりにお伝えしておきます。

糸井重里

　吉本隆明さんの講演を記録した音源は、録音状態の芳しくないものも含めて約170回分存在します。
　このうちから、あちこちを抜きだしてコラージュのように構成したものが、この『吉本隆明の声と言葉。』というCDです。

　こんなふうに、とぎれとぎれに聞かされて何になるのだ、というご意見もあるのは、承知しております。
　しかし、この聞き耳を立てて「立ち聞き」するというふうなスタイルが、想像以上におもしろいものだということは、実際にCDをお買いになって聞いてくださった方々なら、きっとわかってくださると確信しています。

　講演のテーマは、まことに多岐にわたっています。
　書棚の整理の仕方で言えば、文芸、思想、宗教、歴史、科学、社会というふうな、まことに落ち着きのいい分類になるのですが、実際にタイトルを並べてみると、どれだけ偉大な思想界の巨人だとしても、ひとりの人間の思考の領域にしては、広すぎると感じられるかもしれません。
　しかし、実際に、吉本さんはこれだけの領域すべてを抱きかかえるように生きてきたわけです。その広大を感じてもらえるようにと、講演のほとんどすべての分野を、サンプルのように並べています。
　短いけれど、まとまった考えが伝わってくる部分（音源）もあります。まるで唐突に問題を投げかけるだけというところもあります。講演者である吉本さんの気質を感じてもらうための言い回しが伝えたくて切り取った時間もありますし、実用として役に立ちそうな内容の見本もあります。そういうものが、すべてミックスされているのが、このCDです。

吉本隆明の声と言葉。

その講演を立ち聞きする74分

編集構成　糸井重里

VOICES and
WORDS of
YOSHIMOTO
TAKAAKI

ある程度は、構成を考えたつもりなのですが、iPodに入れてシャッフルして聞いてもらっても大丈夫だと思います。事実、ぼくはそういうふうにして散歩していたこともしょっちゅうでした。

　「吉本隆明講演ダイジェスト」ではなく「吉本隆明の声と言葉」とした理由は、吉本さんの考えばかりでなく、吉本さんの口調やら、間の取り方、つっかえ方など、人柄から伝わってくるものまで、まるごとつきあってもらいたかったからです。肉声ならではの「歌」に似た親しみも、ここにあります。

　ここまでが、本来の「商品」でありまして、いま読んでいただいている「ブック」のほうは、ほんとうはオマケです。CDのための小さな冊子をつけようとしていたのに、思わず力んでしまった結果です。厚めのライナーノーツとして役立つことがあればうれしいです。
　吉本隆明という思想家の研究、ということになったら、すっかりお手上げのぼくなのですが、「吉本隆明さんの話していることを聞く」ということに限れば、大人しくそれなりに分かったような気になって続けてこられました。聞いてよかったなぁと思うこと、聞いておいて助かったこと、聞いておもしろかったことなど、いくらでもあります。
　今回のこの企画は、吉本さんちの門前でうろうろしていてよかった、と思うぼくが、近くの友だちに向けて手招きしているようなものだとお考えください。「損はさせねぇ」つもりですから。

もくじ

02 このCD&BOOKの成り立ちや性質のことを、
まえがきがわりにお伝えしておきます。　　糸井重里

06 **吉本隆明さんのこれまで。**
吉本隆明さんが生まれてから現在までをご紹介します。

20 **吉本隆明さんと。**
糸井重里が、このごろ、吉本さんと話してたことなど。

22 平らだと言われて、それは、当たっていて、
かつ、いい感じです。
　　🔘 吉本さんの自己認識

26 昔の人のほうが、やっぱり偉かったと思う。
狭かったかもしれないけど、偉かったと思うんです。
　　🔘 ひとつの概念が全部を含んでいた時代

30 言葉のいちばんの幹は、沈黙です。
言葉となって出たものは幹についている葉のようなもので、
いいも悪いもその人とは関係ありません。
　　🔘 人間らしさはなにで決まるか

36 町の循環速度と自分の精神的な速度とが合わなければ
人はいらだちます。
それが凶悪と言われるような犯罪が起こる真の理由です。
　　🔘 速度が統制するもの

42 これまでいろんなことを偉そうに言ってきたけど、
おまえがやっていることは全部嘘で、
全部ダメじゃないか。
そう思ったし、いまでもそう思います。
　　🔘 答えられない質問

46　CD収録音源全紹介。

75　あとがき　　吉本隆明

77　特典
　　吉本隆明さんの講演をフルバージョンで聞いてみたい方へ。
　　おすすめ講演
　　無料ダウンロードをどうぞ。

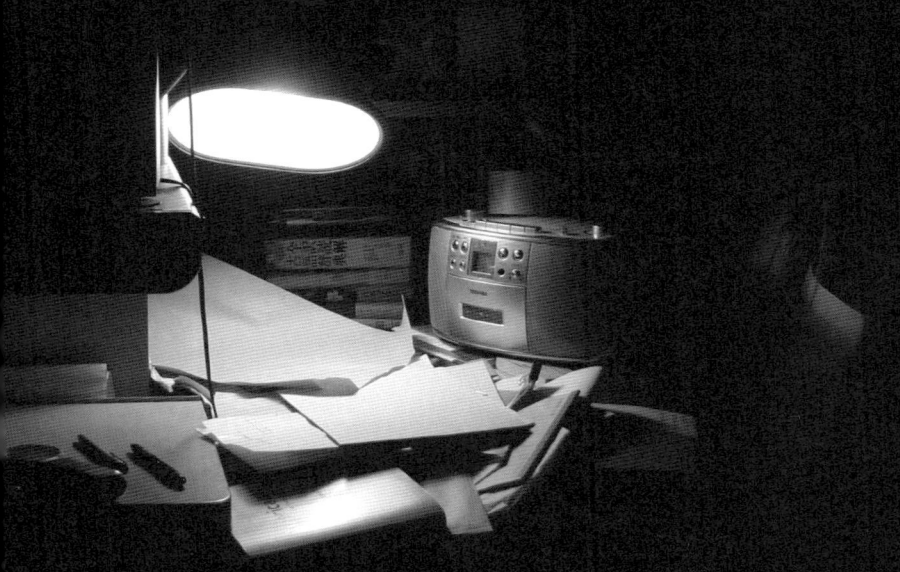

吉本さんのこれまで。

> 吉本隆明さんが生まれてから現在までをご紹介します。

吉本隆明 よしもと・たかあき
名前を音読みにして「ヨシモト・リューメイ」と呼ばれることもある。
東京工業大学電気化学科卒業後、工場に勤務しながら詩作や評論活動を続け、
現在に至るまで実に幅広い層から支持を受ける。「戦後思想界の巨人」とも呼ばれる。
東京・月島の下町育ち。血液型はA型。好きな食べものはおいも。
阪神タイガースファン。家で飼っているペットは猫。幼少時の愛称は「タカキン」「キンちゃん」。

千駄木の書斎にて

1924	11月25日、東京・月島に生まれる。　💬 お父さんは船大工さんでした。
1931	佃島尋常小学校に入学。　💬 この年、満州事変が勃発。
1934	小学校4年から東京府立化学工業学校4年まで深川門前仲町の今氏乙治の塾へ通う。　💬 ここで詩と関わりを持つようになったかもしれない、とのこと。吉本さん曰く、"人生の「黄金時代」"。
1937	東京府立化学工業学校応用化学科入学。　💬 この化学工業学校を卒業する1941年に、太平洋戦争が勃発しました。
1942	米沢高等工業学校（現・山形大学工学部）応用化学科入学。　💬 回覧雑誌「からす」を創刊。
1945	東京工業大学電気化学科入学。　💬 吉本さんが20歳の8月、太平洋戦争が終わりました。「軍国少年だった」という吉本さんは、ここでひとつの転換を迎えることに。
1947	東京工業大学電気化学科卒業。　💬 この頃、太宰治の戯曲「春の枯葉」を大学で上演するため、太宰治氏のもとを訪ねたそうです。
1951	東洋インキ製造株式会社青戸工場に就職。
1952	自家版詩集『固有時との対話』『転位のための十編』刊行。　💬 吉本さんは工場で働きながら詩作を続けていました。
1956	長井・江崎特許事務所に就職。　💬 黒沢和子さんと結婚。この翌年に、長女の多子さん（漫画家のハルノ宵子さん）が生まれました。
1957	『高村光太郎』刊行。
1958	『吉本隆明詩集』刊行。「転向論」発表。
1959	『芸術的抵抗と挫折』『抒情の論理』刊行。　💬 花田清輝さんの批判に反論。これは「花田・吉本論争」と呼ばれ、戦後日本文学史上もっとも重要な論争と言われました。
1960	「アクシスの問題」「転向ファシストの詭弁」で第1回近代文学賞受賞。

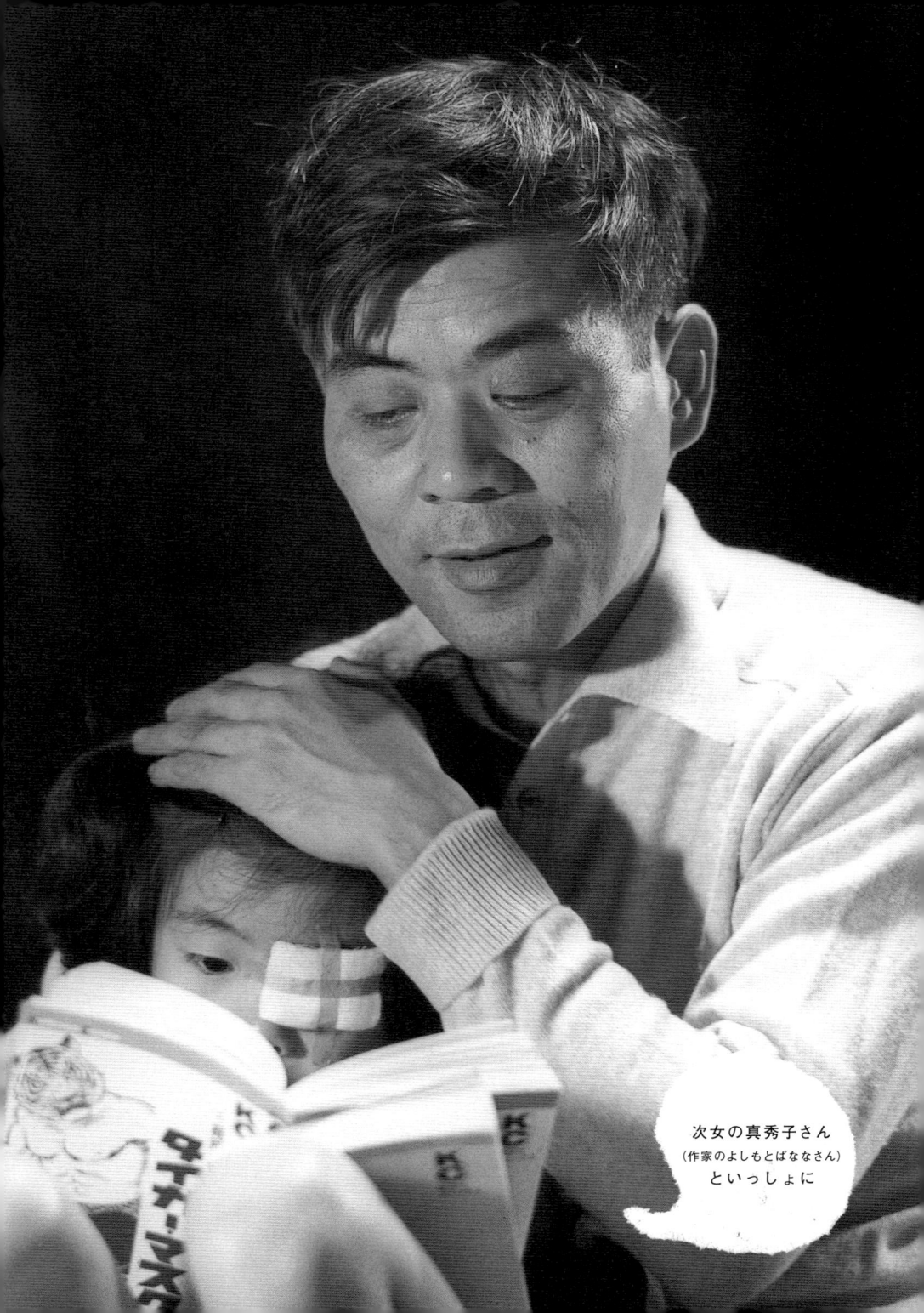

次女の真秀子さん
(作家のよしもとばななさん)
といっしょに

安保闘争で、国会構内抗議集会で演説。建造物侵入現行犯として逮捕される。

> このとき、吉本さんは一兵卒として参加したはずが演説することになり「まいったな」と思ったそうです。これが吉本さんがたくさんの人の前で話した、最初の機会でした。

1961 谷川雁、村上一郎と雑誌「試行」を創刊。

1962 『擬制の終焉』刊行。　サド裁判第6回公判弁護側証人として東京地裁に出廷しました。

1963 『丸山真男論』刊行。

1964 『初期ノート』『模写と鏡』刊行。　次女の真秀子さん(作家のよしもとばななさん)が生まれました。

1965 『言語にとって美とはなにか』刊行。

1966 『自立の思想的拠点』『カール・マルクス』刊行。

1968 『吉本隆明詩集 現代詩文庫8』『情況への発言』『共同幻想論』刊行。

> お父さんである吉本順太郎さんが死去。

1970 『初期ノート増補版』『高村光太郎＜増補決定版＞』『情況』『マルクス者とキリスト者の討論』『共同体論と歴史的終末』刊行。

> 長井・江崎特許事務所を退職し、文筆業に専念することになりました。

1971 『源実朝』『心的現象論序説』刊行。

> お母さんの吉本エミさん死去。

1972 『どこに思想の根拠をおくか』(対談集)『根柢への出立に向けて』『敗北の構造』刊行。

1974 『詩的乾坤』刊行。

> 吉本さん、50歳になりました。
> 長嶋茂雄さんが現役を引退し、
> 田中角栄首相が金脈事件で辞任した年です。

1975 『書物の解体学』『思想の根源から』(対談集)『意識 革命 宇宙』(埴谷雄高との対談)『吉本隆明新詩集』刊行。

1986年11月4日の吉本さん

| 1976 | 『思想の流儀と原則』（対談集）『討議近代詩史』（鮎川信夫、大岡信との共著）『知の岸辺へ』『最後の親鸞』『呪縛からの解放』（鼎談集）刊行。 |

| 1977 | 『初期歌謡論』『高村光太郎 増補決定版』刊行。 |

| 1978 | 『論註と喩』『戦後詩史論』『吉本隆明歳時記』『ダーウィンを超えて』（今西錦司との対談）刊行。 |

| 1979 | 『対談 文学の戦後』（鮎川信夫との対談）『悲劇の解読』『初源への言葉』刊行。 |

| 1980 | 『世界認識の方法』刊行。 |

| 1981 | 『言葉という思想』『詩の読解』（鮎川信夫との対談）『思想と幻想』（鮎川信夫との対談）『増補最後の親鸞』『吉本隆明新詩集第二版』『現代のドストエフスキー』（大江健三郎らとの共著）刊行。 |

| 1982 | 『鮎川信夫論吉本隆明論』（鮎川信夫との共著）『思想読本 親鸞』『空虚としての主題』『源氏物語論』『「反核」異論』刊行。

💬 吉本さんと糸井重里がはじめて出会ったのは、この頃。いっしょに食事をしたそうです。 |

| 1983 | 『素人の時代』（対談集）『教育 学校 思想』（山本哲士との対談）『相対幻論』（栗本慎一郎との対談）『＜信＞の構造』刊行。 |

| 1984 | 『マス・イメージ論』『親鸞 不知火よりのことづて』（桶谷秀昭、石牟礼道子との共著）『大衆としての現在』（聞き手／安達史人）刊行。

💬 吉本さん、還暦を迎えました。グリコ・森永事件の年です。 |

| 1985 | 『隠遁の構造 良寛論』『対幻想 n 個の性をめぐって』（聞き手／芹沢俊介）『現在における差異』（小島信夫、中上健次、古井由吉との対談）『死の位相学（聞き手／高橋康雄）』『重層的な非決定へ』『難しい話題』（対談集）『全否定の原理と倫理』（鮎川信夫との対談）刊行。

💬 雑誌「an・an」でコム・デ・ギャルソンを着た吉本さんを見た埴谷雄高さんが苦言を呈したことに反論。これは「コム・デ・ギャルソン論争」と呼ばれました。 |

1993年7月28日
読売ホールにて

1986	『音楽機械論』（坂本龍一との対談）『遊びと精神医学』（町沢静夫との対談）『恋愛幻論』（林真理子、栗本慎一郎との対談）『さまざまな刺戟』（対談集）『不断革命の時代』（笠井潔、川村湊、竹田青嗣との対談）『対話 日本の原像』（梅原猛との対談）『白熱化した言葉』『＜知＞のパトグラフィ』（町沢静夫との対談）『都市とエロス』（出口裕弘との対談）『記号の森の伝説歌』『漱石的主題』（佐藤泰正との対談）刊行。
1987	講演会「いま、吉本隆明25時」開催。 『夏を越した映画』（映画評論集）『よろこばしい邂逅』（対談集）『超西欧的まで』『幻の王朝から現代都市へ』刊行。
1988	『いま、吉本隆明25時』『人間と死』『吉本隆明「太宰治」を語る シンポジウム津軽・弘前'88の記録』『＜信＞の構造 Part2』刊行。
1989	『＜信＞の構造 Part1』『＜信＞の構造 Part3』『書物の現在』（共著）『ハイ・イメージ論Ⅰ』『宮沢賢治』『琉球弧の喚起力と南島論』（共著）『像としての都市』刊行。
1990	『ハイ・イメージ論Ⅱ』『解体される場所 20時間完全討論』（中上健次、三上治との共著）『天皇制の基層』（赤坂憲雄との共著）『ハイ・エディプス論』『未来の親鸞』『島尾敏雄』『柳田國男論集成』刊行。
1991	『情況としての画像 高度資本主義下の＜テレビ＞』刊行。
1992	『見えだした社会の限界』『甦るヴェイユ』『良寛』『大情況論』『新・書物の解体学』刊行。
1993	『追悼私記』『思想としての死の準備』（共著）『時代の病理』（聞き手／田原克拓）『世界認識の臨界へ』刊行。
1994	『社会党あるいは社会党的なるものの行方』『背景の記憶』『ハイ・イメージ論Ⅲ』『思想の基準をめぐって』『情況へ』『愛する作家たち』『現在はどこにあるか』刊行。　吉本さん70歳。ビートたけしさんがバイク事故を起こし、大江健三郎さんがノーベル文学賞を受賞しました。

1995　『対幻想［平成版］』『マルクス──読みかえの方法』『わが「転向」』『語りの海』
（1〜3）『なぜ、猫とつきあうのか』『世紀末を語る』（ボードリヤールとの対談）
『日本人は思想したか』（梅原猛、中沢新一との鼎談）『親鸞復興』『超資本主義』
『余裕のない日本を考える』『母型論』『尊師麻原は我が弟子にあらず』刊行。

💬 9月、産経新聞夕刊に掲載されたインタビューで「麻原さんを重く評価する」と発言。新聞社に抗議の電話が殺到しました。

1996　『埴谷雄高・吉本隆明の世界』『学校・宗教・家族の病理』『世紀末ニュースを
解読する』『言葉の沃野へ 書評集成』（上・下）『吉本隆明の文化学』（共著）『宗
教の最終のすがた オウム事件の解決』（聞き手／芹沢俊介）『消費のなかの芸』
刊行。

💬 毎年夏に通っている伊豆の海水浴場でおぼれ、意識不明に陥りました。

1997　『僕ならこう考える』『ほんとうの考え・うその考え』『吉本隆明×吉本ばなな』
（娘・吉本ばななとの対談）『夜と女と毛沢東』（辺見庸との対談）刊行。雑誌「試
行」が終刊。

💬 ほぼ唯一の「テレビ出演」。
バラエティ番組「進め！電波少年」で水槽の水に顔をつける、という内容でした。

1998　『遺書』『アフリカ的段階について』『父の像』『宗教論争』（小川国夫との共著）
刊行。　💬 糸井重里が編集長をつとめるインターネットサイト「ほぼ日刊イトイ新聞」がスタート。
このとき吉本さんは「試行社から、尋ね人のお願い」という広告を
「ほぼ日刊イトイ新聞」に出しました。

1999　『ミシェル・フーコーと「共同幻想論」』（中田平との共著）『少年』『僕なら
言うぞ！』刊行。　💬「ほぼ日刊イトイ新聞」で「吉本隆明・まかないめし。」スタート。

2000　『私は臓器を提供しない』（中野翠らとの共著）『だいたいで、いいじゃない』（大
塚英志との共著）刊行。『吉本隆明資料集』『吉本隆明が語る戦後55年』刊行
開始。

2001　『日本近代文学の名作』『悪人正機』（聞き手／糸井重里）『今に生きる親鸞』刊行。

💬 弓立社による『吉本隆明 全講演ライブ集』刊行がはじまりました。

2002　『吉本隆明のメディアを疑え』『夏目漱石を読む』『ひきこもれ』刊行。

2008年
自宅にて

2003　『日々を味わう贅沢』『現代日本の詩歌』『吉本隆明全詩集』刊行。
　　　『夏目漱石を読む』が第2回小林秀雄賞受賞。
　　　『吉本隆明全詩集』で第41回藤村記念歴程賞受賞。
　　　　💬「ほぼ日刊イトイ新聞」のイベント「智慧の実を食べよう。300歳で300分。」に出演しました。

2004　『「ならずもの国家」異論』『超恋愛論』刊行。
　　　　💬 虚血性大腸炎で入院、横行結腸に初期癌が見つかって、摘出手術を受けました。

2005　『中学生のための社会科』『子供はぜーんぶわかってる』『13歳は二度あるか』
　　　刊行。

2006　『詩学叙説』『家族のゆくえ』『詩とはなにか』『老いの超え方』刊行。

2007　『真贋』『吉本隆明自著を語る』『よせやぃ。』『思想のアンソロジー』刊行。
　　　　💬 ほぼ日刊イトイ新聞で「親鸞」などのコンテンツがスタートしました。
　　　　　💬 低血糖のため意識不明に陥りました。2〜3時間後に意識が戻りましたが
　　　　　　「あちら側を見た」という気分がしたそうです。

2008　『日本語のゆくえ』刊行。
　　　　💬 足梗塞になってしまい、足の一部が壊死している可能性が出てきました。
　　　　　ほぼ日刊イトイ新聞10周年記念講演『芸術言語論』開催。84歳。

吉本隆明さんと。

糸井重里が、このごろ、吉本さんと話してたことなど。

25年以上前、糸井重里は「戦後思想界の巨人」と呼ばれる吉本隆明さんにお会いしました。それ以来、吉本家のお花見や海水浴などに参加したり、ときどきお家におじゃましたり、というおつきあいを続けてきました。雑誌「プレイボーイ」の連載は、糸井が聞き手をつとめ、『悪人正機』という本になりました。糸井重里が編集長をつとめるインターネットサイト「ほぼ日刊イトイ新聞（通称「ほぼ日」）」にも、何度か吉本さんに登場していただきましたし、「ほぼ日」が主催するイベントに吉本さんをお呼びしたこともあります。

いつも「吉本さんがいる」ということを目印のように意識していましたが、まとめてなにか仕事をしよう、ということは、特にありませんでした。

吉本さんのたくさんの講演音源の存在を知り、聞くようになってからは、「これをたくさんの人が聞けるようになるといいな」ということが、糸井重里のひとつの静かな目標となりました。そして、糸井は定期的に、吉本さんのもとに通いはじめました。

吉本家の居間でふたりが話してたことを、ここに少し掲載しておきます。

吉本

平らだと言われて、
それは、当たっていて、
かつ、いい感じです。

吉本さんの自己認識

糸井　人は、自分の年齢について、あまり正確に把握してないと思うんです。例えば僕で言うと、40歳くらいの人をなんとなく年上扱いしてしまいます。自分のほうがずっと上なのに（笑）。

吉本　うんうん。

糸井　ということは、僕は自分を40歳以下だと認識しているということなんです。

吉本　ああ、それはよくわかります。

糸井　吉本さんは、何歳のつもりで生きてるんでしょうね？

吉本　今は、実際の年齢とイメージの自分の年齢が、かなり近づいてきたなと思ってます。ただ、人については、ダメですね。この前、娘の旦那に「あなたは疎開の世代ですか？」って言っちゃったんです。

糸井　……全然違うでしょうにね（笑）。

吉本　「冗談じゃない」って、みんなに怒られちゃいましたよ。俺はてっきり70いくつかと思ってね。「いくらなんだって、それじゃおじいさんだ」と言われました。

糸井　ということは、吉本さんは一瞬、娘さんの旦那さんと自分が同じ歳くらいだと思ったんでしょうか。

吉本　そうですね。そういうイメージが、なんだか。

糸井　たまに吉本さんは、高齢の人のことを、他人事のように「おじいさん、おばあさん」と言いませんか？

吉本　ああ、言いますかねぇ。

糸井　「ああいうものは年寄りは好きなんですよ」とおっしゃるときには、ご自分はその中に入れずに話してるような気がするんです。「あそこじゃおじいさんばっかり集まって」とか。

吉本　ああ。てきめんに、巣鴨の老人銀座へ行ったりすると、そう言いますね。

糸井　ところが吉本さんは、それより年上だと思うんですよ。

吉本　そういやそうだ（笑）。ということは、どっちかを間違えてるんですね。自分を間違えてるか、対象の人を間違えてるか。

糸井　間違えてるおかげでできることが、もしかしたらあるのかもしれないですね。吉本さんは、今でもご自分のことを「僕」って言います。ときどき「俺」も出てくる。でも、特に昔の方は、ある程度の歳になると「私」と言い出したり「わし」と言い出したりして、自分で年齢を上げていく調整をしているように思えます。だけど、吉本さんはしない。役割を演じないことで、失われないものがある気がします。

吉本　文章では「私」と書いたりはしますけど、日常では使ってないですね。実感はわりに83歳に近づきつつあるようなんだけど、言葉遣いからすると、確かにそうじゃない。

糸井　ときどき「○×じゃねぇか」って、子どものときの言葉遣いのまんま、いわゆる下町の言葉になります。おそらく直そうとしなかったんじゃないでしょうか。

吉本　そうですね。そんなふうにわかってたわけじゃないけど、結局はそうですね。まいったなぁ。

糸井　それから、吉本さんは僕のことを「糸井さん」って呼んでくださいます。こんなに年上の人から「さん」と言われても、遠慮なく自然に感じちゃうんです。

吉本　そうだな、そりゃ少しおかしいかな。

糸井　それは、いわゆる民主主義者的なことじゃなくて、吉本さんが持つ「平らな感じ」だと思います。

吉本　ああ、そうですね。……いや、平らだと、そういうふうに言われて、当たっていて、かつ、いい感じですね。

糸井　いい感じですね。周りにもいい感じですし、そういうふうに生きてみたいです。吉本さんに一度でも会ったことのある人や、声を耳にしたことのある人は、この平らな感じを、身を持ってわかると思います。ですから、文章でいくら吉本さんが怖いことを書いてても、「そういうんじゃないんだよなぁ」と、内容をちゃんと見られると思います。

吉本　そうか。そうだといいです。

糸井　そもそも下町の人って主語はなるべく言わないようにしますね。

吉本　はいはい。そうですね。

糸井　講演のテープを聞くと、一人称をなるべく使わないで、まず「あ、吉本です」からはじまります。あの自己認識の遠慮のような部分は、吉本さんの全体の中にいつもあるような気がして、僕らは、とってもそれが、気持ちがいいですね。

吉本　そうか。ははは。そりゃまたいい感じで……まいったなぁ。

昔の人のほうが、
やっぱり偉かったと思う。
狭かったかもしれないけど、
偉かったと思うんです。

ひとつの概念が全部を含んでいた時代

糸井　以前、吉本さんが「人類史ですばらしい功績のあった人間を上から勘定すると、だいたい紀元前まででほとんど占めちゃうんだ」とおっしゃってました。それを僕はとてもよく憶えてるんですが。

吉本　まあ、そうじゃないでしょうかね。
中国でいえば、孔子とか老子とか、そういった聖人君子は、だいたい3000年ぐらい前の人です。日本でも、それは縄文時代の終わりから弥生時代あたりになるんじゃないでしょうか。その頃の人が、いちばん真っ当でいちばん優秀だったのかもしれないです。

糸井　その優秀さって、なんでしょう。

吉本　そこは大いなる疑問です。今でも残ってる、誰にでも残ってる疑問だと思います。
釈迦、孔子、老子、キリストも、数千年前の人です。だけど、この人たちは、聖人君子あるいは神に近い人だと、今でも思われているわけですし、そうだったという記録みたいなものも、うまくできています。そこから人間というのは、だんだんくだらなくなってきたんじゃないでしょうか。いや、確かにそうだといえるところがあります。

糸井　はい。

吉本　つまり、今、生きている人の中で、例えば釈迦と比べられるようなお坊さんがいるかと言われれば、もちろん釈迦には伝説も入っているでしょうけど、「いや、それはいないよ」ということになります。釈迦のようにあんなに大胆に言いたいことを言う、そんな人は今いるわけないよ、と思います。
やっぱり、昔の人のほうが偉かったんじゃないでしょうか。狭かったかもしれないけど、偉かったんじゃないかな、と思います。根本的なことは考え尽くしていたのではないかと思います。
ただ、昔は言葉がそんなにたくさんありません。それこそ「命の全（また）

けむ人は」というように、人間の精神的要素や人格的要素を全部含めて「命」というふうに言っていたような時代です。そんなに知識も発達してないし、事柄も少なくしか知らなかったでしょう。
　本当は「命」のような概念で、人間の持つ力を全部言っちゃうことのほうがよかったのかもしれません。ひとつの概念が全部を含んでいた時代のほうが、人を偉くさせたのかもしれないです。

糸井　言葉数は少なくても、みんなきっとお喋りだったんでしょうね。観念と具体がごちゃごちゃになっていたでしょうけど、文字を書く文化がない時代には特に、話していたわけです。

吉本　喋ってたでしょうね。しかも、すごいことを喋っていたでしょう。『万葉集』には、「あかねさす　紫野ゆき　標野（しめの）ゆき　野守は見ずや　君が袖ふる」という歌があります。あなたが手を振っているのを番人が見てるじゃないか、という、簡単な、ある意味では事実を言ってるだけの歌です。この歌がどうしていいのでしょうか。
　芸術として言葉をとらえると、どう考えても『万葉集』はいいんですよ。今のどんな歌人や詩人も、誰もかなわないと思います。
　「君が袖ふる」という言葉は、向こうのほうであの子が袖を振ってるよという意味で、そう見えてそう思うだけなんですが、いろいろな過去のいきさつや恋愛の経路、打ち込み方、そういうことが全部「君が袖ふる」という言葉の中に入ってるんです。だから、芸術的にいいんです。こんな簡単な言葉でこんなこと言って、どうなんだと思うかもしれませんが、歌を少しでも知ってる人だったら、それがわかります。たいていの人が「これはいい歌だよ」と思えるんです。

言葉のいちばんの幹は、
沈黙です。
言葉となって出たものは
幹についている
葉のようなもので、
いいも悪いも
その人とは関係ありません。

人間らしさはなにで決まるか

糸井　言語に少しでも携わって仕事をしてきた人間として、どんどん言語を知りたくなるのと同時に、その言語が持つ罪のようなものについて、すごく興味があるんです。

吉本　言葉をよく知り、よく使えて、言葉を使うだけの人間らしさを持っている人、それが統率者になります。人間の進化はどうしても、そういう方向に行くのは避けられません。
　それを避けることができないならば、階級あるいは格差が生まれることは、避けられないのです。それがあるから社会は成り立っているのかもしれませんが、そうすると、人間には救いはないじゃないか、ということになります。また、同じように、谷崎潤一郎や川端康成などの、いわゆる文豪と呼ばれる人たちは、どうして偉いのか、という疑問も生まれます。ただ小説というフィクションを作って、それを書き記すのがうまいというだけなのに、人から偉いと思われるのはおかしいじゃないか、という疑問があるわけです。

糸井　言葉がうまいということが、格差につながっている、と。

吉本　そうなんです。そこで、「人間らしさ」というのはなにによって決まるのかを改めて設定するとします。
　人間らしさは、文章を書くのがうまかったり、話し言葉が巧みで要領を得ていて、人をわかりやすく納得させることができて、多くの人を集めることができるとか、そういうことによって決まるのでしょうか。そうじゃないはずです。人間らしさは、そういうことじゃありません。
　これは僕が勝手に自分を納得させた考え方なんですが、言葉というものの根幹的な部分はなにかといったら、沈黙だと思うんです。言葉というのは、オマケです。沈黙に言葉という部分がついているようなもんだと解釈すれば、僕は納得します。
　だいたい、言葉として発していなくても、口の中でむにゃむにゃ言うこともあるし、人に聞こえない言葉で言ったりやったりしてることがあります。そういう「人に言わないで発している言葉」が、人間のいちばん幹となる部分で、

いちばん重要なところです。なにか喋ってるときは、それがいいにしろ悪いにしろ、もう余計なものがくっついてるんです。だから、それは本当じゃないと思います。まして、そのオマケの言葉を、誰かがいいと思ったり悪いと思ったりするようなことは、そのまたもっと末のことで、それはほとんどその人には関係のないことです。

人からは沈黙と見えるけど、外に聞こえずに自分に語りかけて自分なりにやっていく。そういうことが幹であって、人から見える言葉は「その人プラスなにか違うものがくっついたもの」なんです。いいにしろ悪いにしろ、「その人」とは違います。

糸井　なるほど。

吉本　人間らしさをそういうふうに設定すれば、わかってくることがあるはずです。その考えでいくと、おそらく人間はすべて平等であるということが成り立ちます。沈黙は、誰もが平等で同じです。口の中で思っているんだったらほとんど差異は認められないと考えていいです。多少違ってもそれは多少の問題で、幹以外の、枝葉の問題にしかすぎないという理解が可能なんじゃないでしょうか。

糸井　このことを吉本さんは、いつ頃考えたんですか。

吉本　そうとう前からだと思います。ゲーテは大小説家で、それに比べれば日本の、誰でもいいですけど、川端康成とか、そういう人は「ゲーテに比べたらまだまだだ」とか言われてしまう。それはなぜだろうと思ったんです。「こっちのほうがうまいよと言う人が世界中にたくさんいるからで、ゲーテに比べれば川端康成はせいぜいノーベル賞ぐらいで、比べものにならない」とか、そういう評価です。ゲーテは世界的に知られてるから偉い、川端康成は日本とノーベル賞に関心のある人にしか知られてないから劣るという、そういう評価のしかたですませちゃうことは、ダメなんじゃないかと考えたんです。

そしてそのことは、自分の職業にもつながります。こりゃあ、自分の商売として考えると、納得できないと思ったんです。ゲーテと川端康成じゃ、まあ顔は違うとかそういうことはあるけど、本質的なもの書きとしてどうなんだ

という場合は、あまり区別できないんじゃないでしょうか。

糸井　吉本さんは、文章を書くことを仕事になさってきました。きっと、そのジレンマのようなものもありますね。

吉本　そうそう。じゃあどうしておまえは文章を書いてんだ、ということになります。一等最初は、僕は、喋ってる言葉はどうしても人に通じているようには思えないと思ったことからはじまっているような気がします。聞いてる人の顔を見てても、自分が喋っていることが通じてるとはとても思えなかったです。そこの疑問から僕はもの書きになったんだと思います。
　あるときから僕は、失業したときからでもいいですけど、ものを書いて食おうということになりました。食えたり食えなかったり、少し儲かったとか、これはちょっと浮いたぜ、というような体験はさまざまあるわけですけど、そういうふうにやってきたということが、そもそも不平等なことでした。
　自分は格差を意図してないつもりですが、そういう評価のしかたの上に乗っかっちゃったんだということなんです。今でも僕はそれに乗っかっています。なにか名声を得たとか、それは僕はないつもりでおりますけど、ときどきいい気になったことがあるかもしれないので、これは我ながら当てにならないことだけど、意図的にはそういうことがないようにしています。

糸井　いい気になっちゃうと、ダメなんですね。

吉本　いい気になっちゃうと、人のことをバカバカつってるけど、おまえもバカ野郎だって言われるよりしかたがないということになります。僕は逸脱しちゃって、そういうことがたくさんありますけど、それはいいことじゃねぇんだよ、抑制もしてるんだよ、ということです。あまり人は信用してくれないけど(笑)。

糸井　言葉の幹が沈黙だ、ということになると、人間の格差はおろか、ほかの生物との差もなくなっていきますね。

吉本　そうなんです。言葉は人間だけのものではありません。生物にはみんな言葉があります。その中で、チンパンジーも少しそうだと言われていますが、人

間だけが分節された言葉で話すと言われています。言葉を巧みに使って意思を通じさせようとすることができる、それが人間の特性だということに、どうしても僕は納得できないところがあるんです。それは、本当の言葉は沈黙だからです。
　僕だって糸井さんだって、言葉にしてないところで会話してることがあると思うんですよ。悔しがって表情にそれがあらわれて、そういうことで人が「あいつ、悔しがってんな」とわかっちゃうことがあります。言葉なき言葉で自分が言ってること、あるいは悔しがってることなら悔しがってることを、言葉にして解釈されたら、かなわねぇぞという気持ちもあります。

糸井　つまり、言葉はメディアだから、もとの考えとは必ずずれがあるんですね。そのずれを利用して力もつけられるし、誤解もされる。

吉本　そうだと思うんです。糸井さんはうまく喋るし、うまく自分の意思を人に言葉で通達できる人ですから、よけいそこのところが気になるんですね。

糸井　うまく言えると、勝っちゃう。どっちが正しいかでもなんでもなく、うまいこと言える人の勝ちというルールなんです。そうすると、さまざまなことがどうしてもピンとこなくて。
　だから、今はもう、かさぶたがはげたような気持ちがしています。言葉の幹は、沈黙。

吉本　言語の価値という概念は、もともと経済学からきてるんですよ。ヨーロッパの言語学は、経済学とつなげて、言語に価値があるというふうに作っちゃったんです。
　言語の価値というのは、つまり、簡単なことです。「いろんな言い換えができる数が多ければ多いほどその言語の価値は高い」ということです。つまり、いろんなことを考えさせる度合いが高い作品ほど「芸術的にいい作品」なんです。

糸井　それは交換性が高いということですね。商品論にはものすごく応用の利くロジックですね。芸術じゃなくて、商売する人が、逆にそこを勉強すればいい

かもしれません。

吉本　（笑）そうですね。もしも価値という概念を経済学から借りていなければ、作品の価値とか芸術作品の芸術的価値とか、そんなことは言わなくてよかったんです。
　　　日本はあまり「価値」という言葉を使って話をしないはずです。「音楽の価値」とか「あの人の声の価値」とか、そんな会話は一般には少ないと思います。西洋にしか通じなかったものが日本で流通しただけのことなんじゃないでしょうか。
　　　価値について、あからさまに言ったのは太宰治だけです。太宰治は、価値の問題で一生引っかかって、一生つらい目にあって、そしてついに心中しちゃったりしました。あの人は、いちばん価値のない生き方というのを、ある意味ではちゃんと意識して選んでる、そういう生き方をしたんだと思います。

糸井　そうですね。まるで、酔っぱらいみたいに、価値にからんでる感じさえします。

吉本　そう、価値に嫌がらせして、こだわってます。それは太宰治の唯一の、自分の生き方に対する自分の復讐と言えるのかもしれないと思います。

町の循環速度と
自分の精神的な速度とが
合わなければ
人はいらだちます。
それが凶悪と言われるような
犯罪が起こる
真の理由です。

速度が統制するもの

吉本　後楽園のジェットコースターに乗ってて、気づいたことがあります。あのジェットコースターはいまも同じコースかな、ちょっといいなと思ったことがあるんですよ。
　　　終わりに近い頃か途中だったか、コースターが下りて行くときに、後楽園の前を通ってる道路と並行して走るところがあるんです。自分はジェットコースターに乗って遊技場の中にいるんだけど、外の普通の道路を車と同一化しちゃうところがあるんですよ。それにものすごく興味があって、何回も乗りました。それを確かめるために、乗りました。

糸井　まったく違う場所なのに、速度感が重なるわけですね。きっと遊園地の人も、そのことを意識して作ったんでしょう。

吉本　ちゃんと囲いがあって入園料を払ってんのに、同じ。その感じというのは、ものすごく印象深くてね。
　　　浅草でも同じことを感じました。あれは、観覧車というんですか、今度は反対に、速度が遅いわけですよ。自分の歩きよりも、まだ遅い。上るときも、人が上る速度ではないし、それでもって頂点から下りはじめたときの速度が、落っこちるような速度でもないんです。そんな速度で周りを見るというのは、ものすごく特異な体験でした。

糸井　頂点の次の瞬間は、確かに気持ちが悪いというか……観覧車の速度が統制してる物語の時間が、言われてみると、特異ですね。

吉本　そうでしょう。ほかにも「速度」ということについて確かめるために、そういうところはないかと、銀座の二丁目くらいから新橋まで、国電の線路のほうに向かって探し歩いてみました。そうすると、２箇所くらいありました。その感じがなんなのかを確かめようと思って、何回も何回もそういう場所に通ったりしていました。

糸井　速度というものが制している部分がある、と。

吉本　そうです。速度と関係している、大きなことがあります。ここ４〜５年来、子どもが親の首を絞めたり、友達同士で飛び降りちゃったり、以前は感じたことのないようなショックなことがあるじゃないですか。

糸井　はい。

吉本　それはなぜかと言ったら、みんないらいらしてるからだと思うんです。どういうときにいらいらしてるかを考えてみると、一般論として言えることは、その場所の──例えば東京の有楽町でもどこでもいいんですが──その場所で感じられる職業循環の速さが自分と違うからだと思うんです。東京の速さと自分の精神的な速度が、違うからなんです。

糸井　……なるほど。

吉本　違うから、いらだちが起こるんだと考えます。
　　なにを素材にして考えてもいいんです。例えば、目の前にあるこの茶碗を、仮に京セラが作ったもんだとします。何年何月何日に作って、これが輸送されて倉庫に行って、電話かなんかで注文があると、そこへ運んで持ってって、しまいに小売店に運ばれて、その小売店で僕の家の誰かがその食器を買ったとします。そうすると、京セラで作られたものが消費者の手に渡るまでの日数がわかるわけです。それが、産業のひとつの循環の速度です。
　　それと、自分の日常の行動や考えを進める速度とが合わなければ、その人はいらだつんです。
　　いらだちが極端になると、頭が、あるいは神経がおかしくなるというところまでいきます。ここ４〜５年来のことだけど、それが著しくなってきている。それが凶悪と言われてるような犯罪が起こる、真の理由だと思います。ほかの理由は全部いい加減な、どうでもいいようなことを指示して言ってるけども、本当はそうですよ。

糸井　企業のほうはどんどん速くすることがサービスだと思うし、効率もいいから、回転が速くなっていきますね。
　　本は、インターネットで注文すればすぐに手に入ります。古い本だって、た

やすく手に入ります。おかげで、どんどん買っちゃうんです。そうするとインプットの材料だけが家の中に溜まります。自分が読めっこないもんだから、これもまたすごくストレスになっていくんですよね。

吉本　そうそう、そういうことです。古い本を自分でいちいち歩いて探してたら大変ですが、今は、遅れても数日間でなんとかなります。

糸井　その速度に合わせて仕事しなきゃならないんですよね。

吉本　自分は溜まりに溜まっていらつく、仕事が遅れるから人にもいらつかれます。自分で自分にあたってしまう場合は、極端になっていけば病院行きだ、ということになります。

糸井　無力感がありますね。生産と消費の循環の実感時間がずれているということに気がつかないと、そうとうきついですよ。

吉本　僕も、「俺は今、なにもいらだつ材料はないのにどうしていらだってるのか？」と思っていたんです。なにかで調整しないと、今は生きにくいと思いますよ。しかも今は、お客さんがなくなっちゃってるんです。薬屋さんなんかでも「お客さんが来ないんだから、店を開けててもしょうがないですよ」って言ってます。

糸井　自分でコントロールできるサイクルを、自分で確信を持ってやることが大切ですね。エコロジストの方の中でも、実践している人というのは、その「疲れ」との戦いをしているのかもしれません。
　ペットを飼うことも、旅に出かけて海辺で一日中寝たりすることも、生産のサイクルじゃない時間の中に入っていくことによって、心を休めているのかもしれませんね。

吉本　ああ、そうだ。そうですよ。

糸井　結局、消費のところに燃焼がないから、いくら生産力上げて送り出しても意

味がないんですよね。企業は、置いていかれることについて焦るのかもしれないけど、置いていかれないくらい思い出に残るものを作っていけばいいんでしょうから。

吉本　そうですね。それはとてもいい考え方……考え方というよりも、糸井さんは、よくやってますよ。糸井さんを見てると、実によくできてるなと思います。糸井さんがやることは、つまり、僕はよく「虚業を実業にした」という言葉で言ってますけど、それは大変なことですよ。力量も大変だけど、これはそうとうやっぱり大変だよなということです。

糸井　難しいのは、なにを作るかということです。そのアイデアに集中して、仕事をしなくてはいけないんですね。それはきっと、芸術を作ることと同じようなことなのかもしれません。

吉本　そうなんでしょうね。

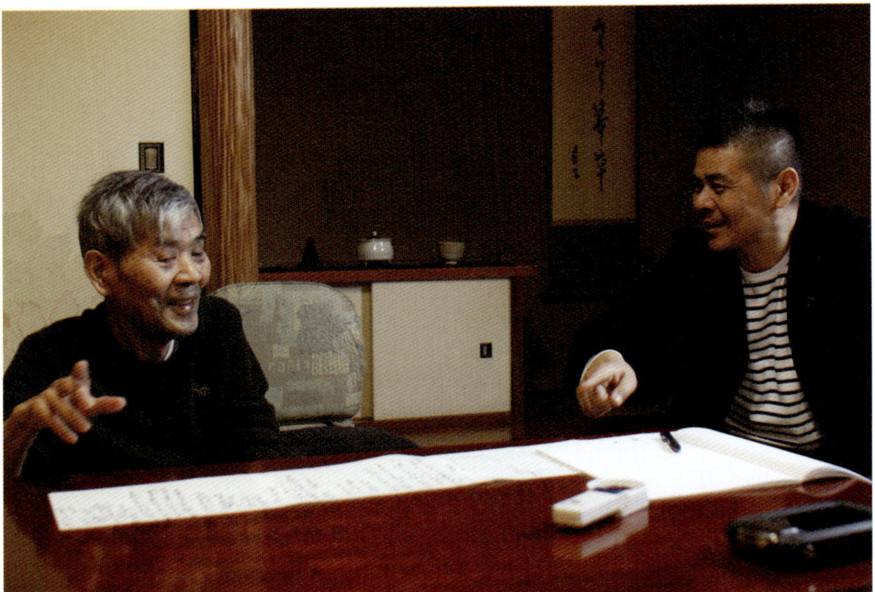

これまでいろんなことを
偉そうに言ってきたけど、
おまえがやっていることは
全部嘘で、
全部ダメじゃないか。
そう思ったし、
今でもそう思います。

答えられない質問

吉本　僕はフランスではミッシェル・フーコーという人が好きですが、この人なんかは元お医者さんで、死ぬとか生きるとかいうことについて、あまり言わないです。むしろ人間から遠ざけるような言い方をしています。

　人は歳を取って、だいたいは病気して、それで臨終を迎えて、その後死ぬんだとフーコーは言います。死ぬというのは、細胞のひとつが死ぬときから、身体の全細胞が死ぬときまで、ある時間があるんです。死は、ある線で区切られて「ここからここまでは生きてたのに、ここからここは死だ」というふうには決して言えない。幅なんです。

　また、死というのは個々の人にくっついていないんです。しかし、その時代の死についての考え方にはくっついています。フーコーあたりの人はそう言います。死というのは、人の生まれたときから死ぬときまでを全部が見渡せる場所にあるんであって、個々の人からは離れたところにあるということを強調します。

　日本でいえば、医者じゃなくて宗教家ですけど、僕は親鸞というのが好きです。親鸞なんかも同じような考え方で、死を考えるのは、まったく無駄なことだといいます。なぜ無駄かといえば、死というのは、やっぱりその人にくっついてるんじゃないからです。いつ誰がどんな病気でどう死ぬか、それはご当人にも誰にもわからないからです。ですから、臨終のときの念仏が大切なんだという考えも、全部違うというんです。

糸井　ああ、そういうことだと、臨終の念仏は意味がないですね。

吉本　ぜんぜん嘘なんです。死は誰に属するということよりも、その時代に即応してあるということです。現在でいえば、傍で看病して見届けた人と、それからお医者さんが医学的に死を確認する、少なくともそのふたつが合わなければ、死はやってこないんです。死は個人の問題じゃなくて、僕流の言葉で言えば、時代の共同幻想として、あるんじゃないでしょうか。それを承認するのは、もちろんご当人ではありません。

　それ以外の死は、ちょっと今は考えられません。時代が変わると死も変わるかもしれませんけど、今のところはそうなっているんじゃないでしょうか。

糸井　生死に関しては、救ってくれ、嘘でもいいから言ってくれ、という言い方があります。親鸞だとしても、それに耐えるのは、なかなか簡単ではなかったでしょう。時代背景もそうだったから、よけいに。

吉本　そうなんでしょうね。僕は実感的に、その種のことでぶちのめされたことがあります。
　それは、兄貴の娘なんです。子宮がんかなにかで亡くなりました。最後まで熱心に看病したのはその姪の母親でした。
　僕がたまたまお見舞いに行ったときに、医者が、もはや治療は尽きた、だいたい終わりだと思う、ということを言いにきたんです。僕は、ちょっと待ってくれと言いました。「お医者さんとしての治療が終わるというのは、とてもよくわかるけど、でも傍で一生懸命看病してきた人とか、親戚の人とか、そういう人が納得するまでは、やっぱりそれは出さないで、それは引っ込めてください」と言ったんです。そうやって、医者に引っ込めてもらったはいいけども、そうしたら、その姪っ子が僕に、「おじさん、この状態というのはどういうことなの？」って聞くんです。僕は、それに答えられないわけですよ。姪も、ある程度自分が危ないということはわかっていました。だけどこの事態というのはどういうことなの、どう考えたらいいの、と本人が聞いたんです。僕は、なにも答えられない。
　僕はこれまでいろんなことを偉そうに言ってきたかもしれないけど、そこでなにも答えられないということは、要するにお前の考えはダメだということを意味すると思いました。少しでもいいから、答えがあるみたいだ、ということでもいいから、そういうことをそこで言えなければ嘘だと感じました。
　それじゃあ今ならなにか答えられるかというと、答えようと何年かしてきましたけど、やっぱり自信がねぇなと思います。自信がある答えが見つけられないです。
　似たことを聞かれたことが、もう一回あります。知らない人が、突然うちに電話してきたんです。その人は、交通事故で二の腕から先の腕を、切り落としちゃったらしいです。「どうしても自分ではこれがどういうことなのかわからない」「もし、なにかわかることがあったら言ってみてくれないか」と言ってくるんです。ぜんぜん知らない人でしたが、電話でそう言われました。
　そのときも、答えられなかったんです。これはダメだ、自分がやっているこ

とは全部嘘で、全部ダメじゃないかおまえ、と、そのときも思いましたし、今でも思います。

糸井　吉本さんは、その人がなにを聞こうとしていたかは、わかるわけですか。

吉本　そのこと自体は僕にはすぐに、そうか、この人が聞いているのはそういうことなんだって、よくわかりました。
　　　腕を落としても、しばらくの期間は脳が「ある」と思っているんです。脳が対応した身体の部分は、幻視でもって消えないんですよ。ないのに、あるとしか思えなくて、わからないんだと、そういうことはわかります。だけどその人は、別に心理的な幻視のことを聞いてるんじゃないというのは確かです。もっと違うことを聞いてるんです。そういう「わからないという状態」がわからないんです。どうしてわからないかを聞いてるんだと思います。
　　　それに対してなにか少しでもわかっていることがあったら、それを言ってやれればいいわけなんだけど、それが見つからないんです。
　　　答えは、なにもない。これにはまいった。こんなバカなことはあるかって、思いました。どうしようもないけど、忘れるわけにもいかない。それはいつでも残っています。そして、いつでもそういう問いは、起こり得るわけです。

糸井　吉本さんは、聞かれたことにだいたいは全部答えようとなさいますよね。切実な問いであるならなおさら、答えようとなさいます。実際、僕は「こんなことにも吉本さんは答えてるんだ」と、驚いたことがあります。

吉本　間違っているか、合っているかは、人が判断するものですし、もし答えられるような筋道があったら、どんなことでも自分なりに答えようという意欲や意思はあります。けれども、そのふたつだけは、自分の答えるべき課題として、今も残っています。それはもう、消えないで残っています。いつでも、今も、引っかかってますし、電話の人のことも、姪っ子のことも、引っかかってます。

CD収録音源
全紹介。

付属のCDに入っている、吉本さんの声を文字にしたものと、
糸井重里の解説（この部分を選んだ理由）を掲載します。
文字を目で追いながらCDを聞いたり、ときどき解説を読んだりして、
吉本さんの講演を身近に感じてください。

- CDの収録順に並んでいます。（年代別ではありません）
- 各音源の長さをそれぞれの音源番号の横に示しています。
- それぞれの音声が入っていた講演が、
  いつどういうテーマで行われたのかを時間の横に表示しました。

CDの音源について。

『吉本隆明の声と言葉。』のCDに入っている音源は、1968年〜1996年に録音されたものです。
ほとんどの音源はアナログカセットテープで、吉本隆明さんの講演会場で録音しましたが、会場の客席から録音したものと、マイクの音を直接録音したライン録音の音源が混在しています。そのため、トラックによって音質が異なります。
『吉本隆明の声と言葉。』のCDは、過去の吉本隆明さんの講演音源から、一部の音声を切り出し、ひとつのCDにおさめています。短い箇所では、数秒のみを切り出している場合もあります。音声が途中からはじまったり、途中で終わったりするものがありますが、不良品ではありません。吉本隆明さんの講演は、それぞれ本来は平均1時間半ほどあります。フルバージョンでお聞きになりたい方は、吉本隆明さん監修のベスト50講演集『吉本隆明　五十度の講演（吉本隆明全講演アーカイブより）』をぜひお買い求めくださいませ。

01　　時間　5秒　　　　　　　　　　　1988年「異常の分散――母の物語」より

あ、吉本です。

🔴 **あいさつと人柄。**

　吉本さんは、だいたいこんな名乗り方をして、講演をはじめます。そっけないようですが、礼儀としてあいさつを早くすませるという感じ。とにかく、すぐに本題に入りたくてしょうがないような様子が感じられます。声の印象でもわかるでしょうが、ていねいなお辞儀というより、パッと手を挙げる程度のあいさつです。そういう感じの人なんだなぁ、ということがよくわかると思って、最初に入れてみました。

02　　時間　3分35秒　　　　1990年「渦巻ける漱石――『吾輩は猫である』『夢十夜』『それから』」より

　『吾輩は猫である』という作品は、名前といいますか、表題といいますか、それはたいへんよく耳に慣れたものだと思うんですけれども、作品の中身はそれほどおもしろいもんではないです。いろんなことが渦巻いて、しかも断片的に投げ込まれてありますから、そんなに読みいい作品ではないので、お読みになった方はたぶん少ないんじゃないかと思います。でも、当時とても評判になった作品です。

　この作品についてなにか申し上げるとすれば、なぜ猫という設定にしたかです。猫が人のように口をきき、飼い主であり主人公である「苦沙弥（くしゃみ）先生」、その友達である「迷亭（めいてい）」や「越智東風（おちこち）」がしょっちゅうやってくる。それから「寒月」って理学者です。これは寺田寅彦をモデルにしたといわれる人物です。この四ったり（4人）ぐらいが会話を交わしたりしていることを、猫が盗み聞いて感想を述べるかたちで作品が展開します。

　なぜ猫という設定にしたか、あるいは猫という設定にしたためにどういうところが作品の特徴になったか、ということなんですが、少なくとも第一章から第八章ぐらいまでは、猫は、人の家でもどこへでも入り込んでいくことができる、「移動する耳」という意味を持つと思います。

　猫は「移動する耳」という役割をしながら、自分の家の主人公の部屋とか、台所とか、そういうところに忍び込んだり、人の家の庭で聞き耳を立てる。そういうかたちで作品が展開していくわけです。

　ところで、八章ぐらいから後になりますと、「移動する耳」という役割が、今度は「移動する眼」という役割に変わっていきます。作品としては、がらりと調子が変わってしまいます。『吾輩は猫である』の中の猫は、少なくともはじめは「移動する耳」としてお喋りを聞き、盗み聞きすることが主になるわけですけども、後半にきますと「移動する眼」というかたちで、移動しながら「観察する眼」の役割を演ずることになります。

🔴 **小説を読むことは、こんなにおもしろい。**

　吉本隆明さんになじみがなくても、夏目漱石『吾輩は猫である』は、教科書などで、ご存知の方が多いのではないでしょうか。その小説を、吉本さんは、例えばこんなふうに説明しはじめるんだよ、という例として、ここに挙げてみました。この人はこんなふうに小説を読んで、そこで発見したことを人に聞かせてるんだということがわかると思います。およそ3分半の短い部分ですが、ここで吉本さんの「講演」の簡単

さと難しさの度合いがわかるんじゃないでしょうか。話していることは、難しくないけど、簡単じゃない。簡単そうに聞こえていることが、そうとうな研究の成果だということなんですよね。
　夏目漱石があの小説で書いたものが、まず「猫に耳の役割をさせて描いたんだ」と知ります。「小説を読むこと」って、こんなふうにおもしろいんだと、うれしくなります。
この内容が収められている本は→『夏目漱石を読む』（筑摩書房・2002年）

夏目漱石　1867（慶応3）〜1916（大正5）
小説家、英文学者。
近代日本を代表する「国民的作家」。東京・新宿に生まれ、二松学舎で漢文学を学ぶ。大学では英文学を専攻しイギリスに留学。東大で英文学を講じた後、創作活動に専念する。『吾輩は猫である』『坊っちゃん』から絶筆となった『明暗』に至るまで、その作品は古典として読みつがれ、研究の対象となっている。

03　時間　47秒　　　　1990年「渦巻ける漱石」より

　明治以降でひとりの作家を、あるいはひとりの文学者を、といえば、それは漱石を挙げる以外にないというふうに思っています。それからひとりの思想家を、といえば、柳田國男という人がおりますけれども、その人を挙げるよりしかたがないと思います。だけど、このふたりのしかたのなさは、いろんな刺激をはらんだしかたのなさですし、また、このふたりだったらば、どこへ持っていったって通用するよ、ということでもあります。このふたりを挙げるよりしかたがないな、と思っています。

●「すごい人物たち」とのつきあいと格闘。
夏目漱石と柳田國男というふたりの人物に、吉本さんはものすごく注目してきた人なんだということです。こういうかたちで、吉本隆明さんという人の紹介ができるな、と思って切り出した部分です。
しかし、ここではこのふたりを挙げていますが、実は、同じような深度でつきあって、なにかを解明してきたという人物は、たくさんいるんです。吉本さんは、ものすごく多くの人たちと取っ組み合って、深くつきあってきた人なんだ、ということも、ここでちょっと覚えておいてください。
この内容が収められている本は→『夏目漱石を読む』（筑摩書房・2002年）

04　時間　2分53秒　　1992年「青春としての漱石──『坊っちゃん』『虞美人草』『三四郎』」より

　もちろん漱石の『坊っちゃん』というのは、最初に申し上げましたとおり、妄想的な主人公なんていうのは、おくびにも出てこないわけです。すこぶるきっぷがよくて、悪童ですけどもさっぱりしてて、という主人公なんですけども、この主人公を描く裏には、かなり惨憺とした漱石の精神状態の危ない時期が潜んでいると考えたほうがよろしいと思います。
　一般に、ユーモア小説とか風刺小説というのは、たくさん書かれているんですけども、その根底に必要なのはなにかといったら、やっぱり一種の悲劇性だと僕は思うんです。悲劇性のないユーモアは、その場かぎりといいましょうか──つまり、言葉だけでどうにでもなっちゃうようなユーモアだったら、それでよ

ろしいわけですけども、多少でもユーモア自体に一種の永続性とか、人にも通ずる普遍性とか、そういうものがあるとすれば、かなり難しい精神状態というものが根底にあることが重要なような気がします。

これがあるということが、例えば漱石の『坊っちゃん』を、日本の近代小説の中で、悪童の典型だというふうにさせていて、今も読むとたいへんおもしろい。おもしろおかしい小説で、笑えるわけです。明治時代に書かれた小説が、今でもなんとなく悪童小説として通用しちゃうという、それだけの永続性というのは、その場かぎりの言葉のあやみたいなことでは、たぶんダメなわけです。

🔴 もうちょっと考えてみる。

『坊っちゃん』という、明朗快活な主人公の出てくる気持ちのいい江戸っ子の話のようなイメージのある作品が、どうして消し去られずに古典文学として残っているかを、吉本さんの視点で話しています。

つまり、『坊っちゃん』は、さっぱりした物語なんだけど、かなり惨憺とした漱石の精神状態の危ない状況が潜んでいる、と吉本さんは見ています。ただささっぱりした物語であるだけだったら残ってないよ、というわかりやすい言い方で、教えてくれています。そして、さらにこの先までもうちょっと考えてみると、もっとおもしろいところに行けるというわけです。

この内容が収められている本は→『夏目漱石を読む』（筑摩書房・2002年）

05 　時間　23秒　　　　　　　　　　　　　　　　　1971年「鷗外と漱石」より

もうひとつ言いますけど、もうひとつ、わりあいにこれは大きな共通点だ、というふうに思いますけども、鷗外も漱石も、つまり奥さんが悪妻だったっていうことで、そういうふうに言われています。

06 　時間　34秒　　　　　　　　　　　　　　　　　1971年「鷗外と漱石」より

客観的によく見ますと、べつに鷗外夫人も漱石夫人も、特に悪妻でどうしようもないやつだ、ということはないので、言ってみればごくふつうの女性であったというふうに思われます。ところで、ふつうでないのは、おそらく漱石や鷗外のほうがふつうでない、なかったと思います。

🔴 原寸大で見るということ。

「すごい人だな」と思っている漱石や鷗外のことも、吉本さんはこうやって、原寸大で語ります。これは、こき下ろしているのではありませんよね。偉大な文学者だということと同時に、変な人なんだよ、というようなことを、素で語るんです。「本当のことは全部言っちゃう」という、吉本さんのスタイルが、ひじょうにわかりやすいかたちで出ています。

できる限り「正確に」「原寸大で」ものを見たり伝えたりしたいという姿勢がよくあらわれている箇所です。あと、僕としては、講演の中にはこんなふうな「ちょっと下世話」に見える話が混じってるんだ、ということも伝えておこうと思って……。

この内容が収められている本は→『敗北の構造』（弓立社・1972年）

07

時間　1分22秒　　　　　　　　　1975年「太宰治と森鷗外――文芸雑話」より

　太宰治というのは、短編の名手なんですけれども、太宰治の短編小説にひじょうに大きな影響を及ぼしたと考えられるものは――それは、作家とは言えないんですけども、ふたつあると思います。ひとつは落語です。近代落語の伝統というのは三遊亭圓朝からはじまるわけですけれども、落語の影響というのはひじょうに大きいと思います。

　太宰治の短編の中で、落語の影響がどういうふうにあらわれているかというと、例えば落語の「落ち」というものがよく使われています。太宰治はまともな意味で、一生懸命、落語をよく読んできました、というふうに考えられます。

　もうひとつは、鷗外の短編、と言いたいところですけれども、鷗外の訳しました短編小説があるわけです。

🔴 作品を解体するという愉快な仕事。

「太宰治の作品には落語の影響がある」。このことを発見したときの「おっ」という驚きと喜びは、小説を読むことや文芸批評を仕事にしている吉本さんにしてみれば「いやぁ、これはおもしろいことを見つけちゃったぞ」という、わくわくするようなおもしろさだったんだろうなぁと、想像しました。

　「書き手の手元から心につながる場所をじーっと見ると、ここまでわかるんだよ」ということが、軽く語っているんだけれどもとてもよくあらわれている部分です。おもしろいというか……油断ならないですよね。「本当かよ」と思いながらでもいいから、この部分の吉本さんの声を聞いてみてください。

　これを知ってから太宰治の作品を読み返してみると、きっと「そうか」と思うでしょう。僕も、よく太宰作品を読んでいた頃（高校生時代）に戻って、「へえ」と感心してしまいました。そして、この場合は落語ですけれど、作家にとってなににも影響されず文学があるなんていうことはあり得ないんだ、ということも、身にしみてわかってくるのではないでしょうか。生まれやら育ちやら勉強してきたものやら、さまざまなものが材料になって、それぞれの作家の個性が出るんですね。

　吉本さんの使う言葉に、「解体」という言葉があります。吉本さんは、その「解体」の名手だなと思います。吉本さんは、ただ解体するだけじゃなくて、後で組み立てられるように上手に解体するんです。ちょうど優秀な宮大工さんが、建築物を移築するときに、「後で組み立てるための解体」を上手にやるように。

　吉本さんは、大工さんとしても、腕がいいかもしれませんね。あ、そういえば、たしか自分の使っていた文机は自分の設計だとか言ってたっけな。

太宰治　1909（明治42）～1948（昭和23）
小説家。
青森、津軽地方の大地主の六男として生まれる。戦争中の困難な時期に『女生徒』『走れメロス』『右大臣実朝』など数多くの佳作を発表。戦後は坂口安吾らとともに「無頼派」と呼ばれ、『斜陽』が若い読者に受け入れられる。自身の左翼活動の挫折や麻薬体験などの苦悩を描いた『人間失格』を発表した年、玉川上水で心中自殺。

08

時間　1分23秒　　　　　　　　　1996年「中原中也・立原道造――自然と恋愛」より

　例えば「コップに一ぱいの海がある」。「コップに一ぱいの海がある」というような言い方自体が、日本

のその時期にシュールレアリスムとかダダイズムの影響を受けて獲得した言い回し方です。

　コツプに一ぱいの海がある
　娘さんたちが　泳いでゐる
　潮風だの　雲だの　扇子
　驚くことは止ることである

という四行詩があります。

なにを言っているのかといったら、言葉による感覚の、組み合わせ方の新しさということだと思います。組み合わせ方の遠近法といいましょうか、対象に対する遠近法を自在にゆがめている、自在に置き直している言い方です。「コップに一ぱいの海がある」という言い方はふつうには成り立たない。海という言葉に照らしてもコップという言葉に照らしても成り立たないんですけど、そういうことは平気でつなげてしまう表現法がおかしくないということが、はじめてこの時期に日本語でやられたと思います。

🔴 ぽんっと差し出されるすごいこと。

　おもしろい言い方を発見したり流行らせたりすることって、文学史という歴史の中に位置づけられる出来事なんですね。

　絵画の歴史でも、画材の発明があったり新しい描法が生まれたりするように、文学にも表現方法の発明のようなことがあるんだと、文芸批評家としての吉本さんが、ここでぽんっと言っているんです。これは、勇気が出ますね。この部分は、もったいつけて言ったらすごいことを言っていると、僕は思いました。

　おそらく文章を書いている人は、こういった新しい道具を見つけただけで、表現したくてたまらなくなるような衝動があると思います。そのことを「解体」されて、「おお、俺にもその気持ちはわかるよ」と言われている喜びが、この詩は立原道造ですけれども、ひしひしあるんじゃないでしょうか。

　作家の高橋源一郎さんが、最初に書いた小説を吉本さんに読んでもらいたいと思っていた、という話を聞いたことがあります。こういうことをサッと、まるで簡単なことでも言うように言えちゃう吉本さんに、読んでほしいという気持ちは……小説書きじゃないけれど、すごくわかりますね。

09　時間　4分6秒　　　　　　　　　　　　　　　　　1992年「宮沢賢治」より

　こんなどぎつい表現をしているわけじゃなくて、ひじょうにスムーズな表現でそれをやっていますけども、言っていることはそういうことだと思います。

　宮沢賢治の一種の世界観といいますか、人間観といいますか、恋愛観といいましょうか、それはたぶん本当にそう思っていたわけです。宮沢賢治という人はたいへんな人だね、こういうふうにならなくてよかったね、というふうに、僕らは考えるわけです。でも、宮沢賢治はたぶん本気でそういうふうに考えているんです。

　あらゆる情操とか愛と言われているもののうち、いちばん大切なのは、自分と、自分以外の人たちと、それからすべての「万象」という言葉を使っていますけど、すべての現象事象というものといっしょに、至上の幸福のところへ行こうということ、それが人間の情操としてはもっとも根本的で、もっともいいものなんだ、というふうに言っていると思います。

　つまり、宗教的な情操、情念というものが、人間や、人間と人間との関係、人間と万物との関係の中で、いちばん根本的なものなんだというふうに、本当に考えていたと思います。それがうまく遂げられないもの

だから、ちょっと変態的になって、自分以外のひとりの人間と、世界でふたりだけでも至上の幸福へ行こうとすると、それは恋愛感情になっちゃうんだというふうになります。

その恋愛感情というのはどう考えても2番目だということになりますし、早急に情念的に恋愛感情を遂げるのは難しいものだから、早急にそれを遂げようとすると、性欲というのが前面に出てきちゃう。これはもっとダメな情念なんだ、と宮沢賢治は考えていたと思います。この逆転した価値観というか、順序というか——それは宮沢賢治のたいへん大きな特徴だと思います。

僕らは「そうでなくてよかったな」「こういう考えにならなくてよかったな」というふうに、誰でも思うわけですけども、一面ではやっぱりこういう人がどこかにいてくれるということは、自分を照らし出してくれる——あるいは、こういう人がいてくれないと、常識や世間が照らし出す世界というものに対して、どこかで間違っちゃったりします。例えば「健全そうに見えるけど、それは大勢で渡るから怖くないというだけのもので、本当は健全でもなんでもないんだ」というようなことを、内省させてくれます。

翻って考えさせるには、どうしてもこういう天才的な詩や特異な考え方で、一般的な人間の考え方や価値観をひっくり返すことができる人たちが、どこかにいるということが、我々の救いであるということも、また確かなことなんです。人間は、自分はできないんだけど、そういう人がいてくれると、とても救いになるんです。それがあるから人間の文明には、正しい見方が生まれたり、内省力が出てきたりするんだということが、あり得ると思います。

🔴 吉本隆明に連れて行かれる鬱蒼とした森。

会ったこともない人の心を、こんなに考えられる、ということがあるんですね。人間って本当に不思議な生物です。心の奥底や、苦労、道の迷い方や間違い方も含めて、宮沢賢治の全部をわかろうとしている。読者というものはすごいです。宮沢賢治がどのくらい変なものかということも、吉本さんはきっと解体し尽くして、愛してるんでしょう。

吉本さん自身の心の中の不安定さ、わけのわからなさ、説明のつかなさも含めて、ここはとてもおもしろい箇所です。時空を超えたラブシーンを見ているような思いがします。ホントに凄味があるところですね。

このCDを何回も聞く人がいたら、ここはひっかかってほしいです。「これは簡単には聞けないな」と思ってくれたらうれしいです。聞いているほうもジタバタしますね。吉本さんに連れられて行く世界が、実はだだっ広くて奥深くて、鬱蒼としているぞということを思い知らされる部分です。

この内容が収められている本は→『愛する作家たち』（コスモの本・1994年）

宮沢賢治　1896（明治29）～1933（昭和8）
詩人、作家、農業指導者。
科学者であるとともに日蓮宗への熱烈な信仰を持ち、独特の宇宙的世界観を持った作品を数多く生み出す。生前は農業指導に奔走し、『銀河鉄道の夜』や『風の又三郎』といった作品は死後に刊行されたもの。生前に出版されたのは『春と修羅』『注文の多い料理店』の2冊だけだった。

10　時間　1分22秒　1968年「高村光太郎について——鷗外をめぐる人々」より

本来的に高村光太郎という人は、そんなに複雑な思想というものを複雑に表現するというようなことはしていないわけですけれども、本来的にはたいへん、なんといったらいいんでしょう、たいへん気味の悪い

人だと思います。つまり、気味の悪い芸術家だと思います。気味の悪いと言っていいのか、得体が知れないと言っていいのかわかりませんけれども、とにかくそうとうなしろものなわけですよ。そうとうな人だっていうことを、例えば『道程』なら『道程』、それから『智恵子抄』なら『智恵子抄』という作品の背後につかんでいかないと、高村光太郎の総体的な人間像というものをうまくつかまえてこれないんじゃないか、と思います。

🔴 縁ある人、格闘した人々。

なにかとまともに格闘したら、サラッと流せるものなんか、なにひとつないのかもしれません。高村光太郎のことをこう言う吉本さんというのは、おそらくありとあらゆるものとつきあえる人なんだなと思います。

みんながなんの疑いもなく『智恵子抄』を読んでいるのは、それはそれでかまわないけど「いやぁ、あのね」と、吉本さんははじめるんです。この後ろがどう続くのかを知りたい方は、ぜひ『吉本隆明 五十度の講演（吉本隆明全講演アーカイブより）』を手に入れて聞いてください。夏目漱石のこと、宮沢賢治のこと、高村光太郎のことをひとりずつこんなふうにいっぱい喋るってどういうことだろう、という驚きがあると思います。それぞれ吉本さんの著作として本になっているものも多いので、次のステップとして、それらの本を読むのもいいでしょう。

「気味の悪い」「得体が知れない」という言葉の使い方も、いいですよね。これは悪口を言っているんじゃなくて、魅力を語っているんです。「得体が知れない」というのは、つまり「退屈ではない」というすごい褒め言葉でもあります。吉本さんの高村光太郎への複雑な気持ちが想像されますよね。

高村光太郎　1883（明治16）〜 1956（昭和31）
詩人、美術評論家、彫刻家。
彫刻家・高村光雲の長男として生まれ、アメリカ、イギリス、フランスへ留学。特にロダンの影響を受けて帰国。詩集に、死別した妻・智恵子との恋愛を綴った『智恵子抄』のほか『道程』などがある。戦争中は戦争に協力する詩を多く残した。また、十和田湖畔に作られた「裸婦二人像」をはじめ、彫刻作品も残っている。

11　時間　47秒　　　　　　　　　　　1983年「小林秀雄と古典」より

　僕らはだんだん、自分は戦争中なにがダメだったのかを考えるようになりました。それは結局「世界をどういうふうにつかむか」の方法をなにも知らずに、それについての学問を全然知らないですませてきたということでした。これは、自分らの反省点といいましょうか、考えるところでありました。僕らはそういうことを追及していくという道に、だんだん逸れていきました。
　そんな感じで、小林秀雄の考え方との距離は広まっていくばかりであったのです。

🔴 芯を通すときの姿勢が見えるよう。

　大事なことをとても明晰に、しかも短く塊で語っている部分です。そこだけをここにドンと取り出しました。
　まずひとつには、「自分は小林秀雄から離れた」という内容があります。そして、もうひとつは、戦争中の自分たちの方法がダメだったということと、その後の自分の考え方の出発点はここですということを、こんなにわかりやすく、数分で語っています。

吉本さんが、真面目な声を出している、姿勢を正して喋っているときの姿が見えてくるようです。いつも穏やかにいろんなことをおもしろく語ってくれますけど、芯を通すときの、特に目立たせるわけじゃないけど厳しい発言のしかたの典型が、ここで聞けると思います。
この内容が収められている本は→『超西欧的まで』（弓立社・1987年）

小林秀雄　1902（明治35）〜1983（昭和58）
文芸評論家。
批評を文学作品の域にまで高め、近代日本の文芸批評を確立した第一人者。若い頃はランボーやボードレールの翻訳を行い、戦争を経た晩年は特に日本の伝統と古典の批評に力を注いだ。主な著書に『ドストエフスキイの生活』『無常といふ事』『本居宣長』など。

12　時間　1分3秒　　1981年「ドストエフスキーのアジア」より

　ドストエフスキーの作品に対面して、どういうことがいちばん「誰でもそう感じるだろう」と思えるかというと、「いったん惹きこまれてしまうと、その文体の軌道の中に入りこんで、言葉の中で寝て起きて生活してというような具合に感じられるほど、中に全部入りこまされてしまう」ということです。そして脱けて出てきたときには、ちょっと頭がガンガンするみたいな感じになる。それがドストエフスキーの作品の、誰にでもあるいちばん普遍的な体験ではないか、と思います。
　なぜそういうことになるのかということなんですけれども、いちばん考えられることは……

● あの文豪の感触をつかむ。

　ドストエフスキーは、けっこう多くの人が読んだり知ったりしている作家ですよね。この頃、また流行しているということも聞きます。吉本さんがここで言っているとおり、ちょっとでもドストエフスキーに興味を持った人は、こんな気持ちになると思います。
　文芸評論家もふつうのみんなも、同じように引きずりこまれて、頭がガンガンしたみたいな感じになる。文学を味わうときに「感触をつかむ」というところにおいては、吉本隆明も僕らも「ああ、同じなんだ」とわかって、うれしくなりますね。
　講演ではこの後、ロシアという風土から来るドストエフスキーの物語の性質について語られていきます。ドストエフスキーという、世界的文豪が、歴史の流れから見たとき、「西欧的」に対比される「アジア的」という段階にいるということが語られていきます。文芸批評家であり思想家である吉本さんの全体像が、一度にあらわれてくるんです。とてもカッコいい講演です。
この内容が収められている本は→『超西欧的まで』（弓立社・1987年）

フョードル・ドストエフスキー　1821〜1881
小説家、思想家（ロシア）。
トルストイと並んで19世紀ロシア文学を代表する作家。主な著書に『罪と罰』『白痴』『悪霊』『カラマーゾフの兄弟』など。日本の文学界にも大きな影響を与え続けている。

13 時間 4分24秒　1983年「『源氏物語』と現代——作者の無意識」より

　さて、この3つの『源氏物語』の現代語訳のうち、どれを読んだらいいんだろうか、ということになってきます。これは僕の考え方ですけど、与謝野晶子の訳がいちばんいいんじゃないかなと思っておりますし、僕自身が昨年『源氏物語論』というのを書いたんですけども、そのときにたいへん拠りどころとしたのも、与謝野晶子訳の『源氏物語』でありました。

　どうしてかということになるわけですけれども、それはいちがいに言えないのですが、僕はこう思うんです。与謝野晶子という人は明治時代に娘さんであった人です。与謝野晶子は関西の商家の出ですけども、その当時、そういうところの娘というのは、一種の教養として『源氏物語』を読んでいるわけです。教養として読んでいるということはどういうことかといいますと、書かれた言葉の意味を全部が全部わかるわけじゃない。わかるわけじゃないけども、それを音読したり素読したりしているうちに、ひとりでに文章のリズムみたいなものが身について、わかってしまう、そういうわかり方だと思います。

　意味として正確に解釈ができて行き届いているわけじゃないんだけれども、しかし何回も何回も繰り返し暗唱するように読んでいるうちに「大雑把にしかわかっていないんだけれども、ひとりでに暗唱できちゃっている」そういう読み方をした、あるいはそういう教養のとり方をしたのが与謝野晶子だと思います。

　こういう教養のとり方をした人の現代語訳というのは、意味がそれほど正確でない場合でも、その中身の把握はきわめて正確ですし、原文の持っているリズムがひとりでに身についた訳し方をするものだと言うことができます。

　谷崎さんの訳も円地さんの訳も、それぞれによろしいのです。ある意味で言いますと、与謝野晶子の訳には誤訳がたくさんありまして、そういう意味ではあまり正確でないという言い方もされてしまうわけです。それにくらべれば谷崎さんの訳も、それから円地文子の訳も、すでにたくさんの研究書も注釈書も生まれた後で訳されていますから、それほど誤訳があるわけでもありません。そういう意味合いでは谷崎さんの訳とか円地文子の訳のほうが、たぶん与謝野晶子の訳よりもよろしいわけですけども、しかしそれにもかかわらず、『源氏物語』自体の魅力といいますか、その一種のリズムやメロディが——ある程度、与謝野晶子自身のメロディに置き直しているわけですけども——そのメロディが、読む人に伝わってくるという意味合いで、やはりこの訳に拠られるのがいちばんいいんじゃないかというのが、僕の見方です。

🔴 学問でなく、身についた教養として。

　わかりやすくてしっくりくる説明というのはこういうのもあるんだわ、と、うれしくなっちゃいますね。"誤訳も含めて、生活の中の教養としてあった人の訳はいいよ"という言い方、これは大きな話をしていると思います。つまり、人間の価値のようなものと、その人が学んで身になった歴史というものとの関係が語られているんです。たいへん愉快な部分だなぁ。学校の勉強のできない子のことも、こういう考え方でとらえてみたいですよね。この話から出発できる人たちは、いっぱいいるのではないでしょうか。

　2008年は、『源氏物語』千年紀の年なので、誰の訳がいいか、なんて話を盛んに目にします。吉本さんは、育ちの中で身についたという部分で、きっぱりと「与謝野晶子訳がいい」と言っていますね。聞く人に実際に役に立つ部分だと思います。

この内容が収められている本は→『白熱化した言葉』（思潮社・1986年）

源氏物語
平安中期の宮廷女官・紫式部によって書かれた日本の古典文学を代表する作品。光源氏の愛の遍歴とともに女性の「あはれ」を描く。紫式部の日記によると、1008年（寛弘5）に冊子作りが行われた。与謝野晶子をはじめ、谷崎潤一郎、円地文子、瀬戸内寂聴、橋本治など数々の作家によって現代語訳が試みられている。

与謝野晶子　1878（明治11）〜1942（昭和17）
作家、歌人、評論家。
大阪・堺の老舗和菓子屋「駿河屋」の三女として生まれる。店番をしながら歌人・与謝野鉄幹が創刊した雑誌「明星」に投稿したことから、のちに鉄幹と結婚。ほとばしる感情を歌った『みだれ髪』や、日露戦争に際して歌われた「君死に給ふこと勿れ」といった短歌作品を発表。評論活動も行った。

14　時間　1分53秒　　　　　　　　　　　　　　　1969年「実朝論」より

　文学にとって重要なことは、どういう死に方をするかということだと思います。
　死に方がなぜ重要かといいますと、死に方というものは、もうほとんど全面的に偶然には依存しないわけです。全面的に、作者そのものの思想、資質というようなものに依存します。なぜ文学として死ぬかということの中には、なぜ文学として生きたかという場合よりも、もっと必然的な契機のようなものが含まれていると考えることができます。
　結局、死に方がうまくないというのは、技術的な問題に受け取られやすいですから──その死に方が本質的ではないというふうに言い直せばいいわけですけども──その死に方が本質的でないと、文学として蘇ることができない、ということが言えると思います。

🔴 わかったつもりになるのだけれど、実は。

　文芸批評が続きます。源実朝は、政治、思想、そして歌人としての道の、交差点を持っている人です。太宰治も小林秀雄も実朝について書いていますし、吉本さんが実朝にどこから注意を向けたのかにも興味を持ちます。実朝を語ることは、吉本さんにとって「ここからいっぱいいろんなものが見えるんだよ」ということを言える、いわばテキストとして、しっくりくるものを感じます。
　で、僕の切り抜いた箇所は「文学にとって重要なことは」という場所。これは、何回聞いても読んでも、本当はそんなに簡単にわかるようなものじゃないような気がします。僕は、正直言って本当にはわかってないです。吉本さんの講演の中には、実朝についてわかる部分はいっぱいあります。でも、僕はここを抜いてみました。
　吉本さんが語っていることは、「本当にわかっている」というところには、たどりつかない場合が多いからです。わかりそうだけどわかってないような気がする、というようなものに、僕はいつも気持ちいいくらいに揺さぶられます。
この内容が収められている本は→『語りの海2』（中央公論社・1995年）

源実朝　1192（建久3）〜1219（建保7）
鎌倉幕府第三代征夷大将軍、歌人。

父・源頼朝、母・北条政子の次男として生まれ、12歳で征夷大将軍の座につく。二代将軍である兄・頼家の子、公暁によって28歳で暗殺される。『金槐和歌集』として残された和歌は、芭蕉や正岡子規をはじめ後の作家にも大きな影響を与えた。また、太宰治の小説『右大臣実朝』の創作の題材ともなっている。

15　時間　6分8秒　　　　　　　　　　　　　　　1992年「言葉以前の心について」より

　ところで、日本で乳胎児のことについて、いちばん立派なことをやっているな、という人がいるんです。解剖学者といいましょうか、2〜3年前に亡くなったんですけど、それは三木さんという、三木ナルオといいますか、シゲオといいますか、成功の「成」に「夫」と書く三木さんという人がいて、その人の『胎児の世界』が、中央公論新書で出ています。それはものすごく立派な本です。その人がいちばんよくその問題については、くわしくやっています。

　お誂え向きに、僕らの考えている筋道に、とてもよくマッチする考え方をしておられまして、それに突っこんでいくのがいちばん手っ取り早いんじゃないか、と僕は考えたわけです。

　第一は、胎児の世界です。これは僕が三木さんの本と、それから僕がその手のことを調べるために、いくらかあり得てしかも僕らが読める本というのを探したわけですけど、二、三あります。翻訳書なんですけど、二、三あります。それらを総合して、大切なところだけ書き抜いてみますと、これは三木さんの発見に関わります。人間の胎児というのは、受胎してから36日目に——受胎してからということは、たぶん妊娠してからということとは違うと思います。受胎してから、です——受胎してから36日目に、胎児は上陸するということを、三木さんがはじめて見つけたと思います。

　上陸するというのは、水棲動物的段階だったものが陸生動物的な段階に移っていくということです。胎児は、お母さんのおなかの中で、すばやく生物の歴史を通っていくわけです。水棲動物というのは例えば魚ですけど、魚の段階から陸上へ、両棲類みたいにして陸へ上がってくる。それがちょうど受胎後36日目から2日間ぐらいではじまるということを、三木さんは確定したわけです。

　これは、ものすごく、どうしようもなく立派な仕事だと思いますけど、発見したわけです。そのときに胎児の顔は、魚的な顔から爬虫類的な顔になっていく。魚的なその心臓に、左右に隔壁ができるのが、ちょうど36日目。

　それからもうひとつ、このときに妊娠しているお母さんにつわりがはじまるのは、このせいだって、三木さんは言っています。水棲動物から陸生動物になって上陸するとき、いかにたいへんだったかということは、お母さん方がこの時期になってつわりになるということからもわかるように、生物の歴史にとって画期的なことであって、また、ひじょうに苦しい、辛い段階だったということが言えると、三木さんは言っています。

　ここは、ものすごく重要なポイントです。「目や耳、口などの感覚に依存する人間の心の動き」と「内臓に依存する心の動き」、人間には大雑把に言うとそのふたつがあるわけです。そのふたつが分離したときが、この時期だというふうに考えられます。分離してそれが結びつき、関係づけられていると言うことができるようになるのが、人間の胎児が上陸するときです。ですから、ひじょうに重要なことだということになります。

🔴 **科学として語られることが詩のようにも思えた。**

　ここは吉本さんが三木成夫さんに敬意を表して、徹底的に引用している部分です。オリジナルは三木さんであることを言いながら、その理論をかなりていねいに紹介しています。
　吉本さんは、紹介者として優れたところがあります。吉本さんは三木成夫さん以外にも、マルクスをはじめさまざまな人を紹介しています。ときには批評というかたちを取っていたりすることも多いのですが、「この人が言っているこのことはすごいよ」という自分の感動を、そのまま情熱を込めて誠心誠意、人に伝えようとします。その典型的なケースが、三木成夫さんを語る、この胎児の物語です。
　僕自身も、この胎児の話はいろんなところで何回もしていますが、どうぞ、みなさんも驚いてください。
　この続きを知りたかったり、次のステップに行ってみたい場合は『吉本隆明　五十度の講演（吉本隆明全講演アーカイブより）』を聞くという手もありますが、この話のもととなっている三木成夫さんの『胎児の世界』（中央公論新社）を読むのもいいと思います。
この内容が収められている本は→『心とは何か』（弓立社・2001年）

三木成夫　1925（大正14）～1987（昭和62）
解剖学者、発生学者、思想家。
九州帝大航空工学科、東大医学部を経て、東京医科歯科大、東京芸大などで教鞭をとった。生前に出版された著書は『胎児の世界』『内臓のはたらきと子どものこころ』の2冊だったが、死後『海・呼吸・古代形象──生命記憶と回想』『生命の形態学』などが出版され、思想家や文学者にも大きな影響を与えている。

16

時間　2分28秒　　　　　　　　　　　　　　　　　　　　　1994年「生命について」より

　僕がエコロジカルな主張をするとすれば──なぜ緑は大切なのかとか、なぜ空気がいいほうがいいのかとかいうことの根拠としては、人間というものは植物とか動物をみんな体内に総合しちゃって持っているから、外界の環境というものも大切なんだ、ということです。
　つまり、植物としての人間は、緑が多いほうがいいということがあるわけですし、また、動物としての人間は、行動しやすくできている社会のほうがいいというふうになります。人間としての人間は、そういうことを全般に考えて、よりよい社会というのはなんなんだ、という、よけいなことみたいに考える、そういう能力も人間にはあります。
　どこが愉快かって、つまり緑が大切だっていうけど、緑があるとどこがいいんだ、といったらそれは肺臓系とか内臓系がいいわけですよ。人間の中の植物が「そういう環境がいい」と言うわけで、それだけのことです。動物としての人間にとっては、行動しやすく考えやすい環境がいいわけです。それから人間としての人間にとっては、それら全部を総合できるということがいいわけで。
　環境問題を言うならば、その3つを総合して言わないと、人間らしい主張とはならない、ということに、理屈上はなります。
　緑がいいとか、空気がよくなりゃいいとかっていう問題じゃない。それは人間の中の植物器官、つまり自律神経で動いている箇所にとっては、なかなかいいものだよだよということになりますけども、人間は植物神経だけでできているわけじゃありませんから、動物神経、つまり動物をも自分の体内に持っているし、また、人間をも体内に持っていますから、その全部にとっていい環境というのはなんなのかということを考察することが、たぶんエコロジカルなことの根本的な課題だと思います。

僕がエコロジカルな主張をするとすれば、そういう主張のしかたをすると思います。

🔴 人間理解のずしんとくるアプローチ。

ここは、ひとつ前に登場した三木成夫さんの"人間は母親の胎内で進化の過程を追体験して生まれてくる"というところから、つながってくる部分です。

人間にとって、「こうするべきだから」と、理想や理念に合わせて行動を決めていくという考え方は、無理があるんですね。それは考えおおせないんです、と。しかも、その考えおおせないということを責めちゃならない。このことについて吉本さんは何回も何回も言い方を変えて話しています。

これは、人間が「自分のこととして環境問題をとらえる方法がひとつだけあるんだ」という、根源的な話です。その方法は、昔は自分も一部分は植物だったから、できる。自分という生命の起源にまでさかのぼって考えたときには「我がために環境問題を考える」ことは、あり得るんじゃないかという、たいへん思想的な、深い話です。環境問題について、これ以上に根源的な考えは、ちょっと出しようがないなぁと、息をのんだんです。

「こうあるべきだから」というのは、いわば人間部分だけが喜びます。「人間的と呼べないような部分まで含めて、人間という生き物なんだ」という理解は、実験的であり冒険的のようにも思われますが、僕はここを何回も読んだり聞いたりしたいと思っています。

また、ここで語られていることは、吉本さんが親鸞を語るときに似ています。親鸞は、また、後のほうで出てきます。

17 時間 4分　　　　1979年「シモーヌ・ヴェーユの意味」より

で、それはどういうことかと言いますと、ヴェーユに言わせると、マルクスでもエンゲルスでもレーニンでもそうなんですけども、その戦争観の中で、ひとつだけ共通点があるということを言っています。その共通点は何かといったら、それは戦争自体をよせ、ということは言ってないということです。戦争自体を否定していないということなんです。戦争をやれやれというふうに言っていないですけども、戦争ということ自体を、三者三様ですけれども、否定はしていないということが、三者の共通点であるとヴェーユは言っています。

そこからヴェーユ独自の戦争に対する考え方が出てくるわけです。その考え方はどういう考え方かといいますと、革命戦争であれ民族戦争であれ、戦争とはいったいなにかといえば、それは管理者というもの――つまり国家権力、あるいは国家を管理しているもの、国家の機関を牛耳っているもの――と、大衆との戦いが戦争なんだと言っているわけです。

もっともっと具体的に言いますと、ある国が他の国と戦争をするという場合には、それがどんな国家権力であろうと、社会主義国であろうと資本主義国であろうと、その国家の権力を握っている勢力と、国家の中における大衆との戦いだと言っているわけです。戦争というのは国家の機関が、国家の中にいる大衆を抑圧する手段が戦争なんだと言っているわけです。

もっとやさしい言葉で言いますと、ある国家の国家機関を占めているものが、社会主義勢力であれ資本主義勢力であれ、その国家が、他人の国に大衆を殺させにやるようなものだということだ、戦争の本質というのはそれなんだ、と言っているわけです。管理機関と大衆労働者との分裂は、永久に解消しないんじゃないか。ヴェーユの考え方が、そこにひじょうに色濃く出ているわけです。

いわば戦争は、他の国がどうこうするということじゃなくて、自分の国の国家機関あるいは国家権力というものが、自分の国の大衆を殺させるということ、それが戦争なんだと言っているわけです。一見すると、それは敵の国の人間が殺すように見えるけど、それは本当は嘘だと言っているわけです。
　管理者と被管理者の間の戦いというものが戦争になってあらわれる。しかもそれがふつうの戦いじゃなくて——ふつうの戦いならば労働者が負ければ失業するとか、職場を追っ払われるとかそういうことなんだけど——そうじゃなくて、負ければ大衆労働者は命を落とす。そういう意味合いで国家機関というものが自分の国の大衆というものを抑圧する、それが戦争なんだというのが、ヴェーユの戦争に対する考え方なのです。

🔴 迫力のある講演の典型かもしれない。

　ここも、シモーヌ・ヴェーユという人の語っていることを、吉本さんが賛意をこめて紹介している、というスタイルです。この講演全体を聞くと、吉本さんの考えとシモーヌ・ヴェーユの考えとは同じじゃないことがわかるんですけど、ここはその一部ですから、自分の考えと重なる伝え方になっています。
　シモーヌ・ヴェーユのことを、ジョルジュ・バタイユが「疫病神のような女だ」「不幸にとりついて生きている女だ」という言い方をしていたんだそうです。シモーヌ・ヴェーユは、頭がよくて、おそらく美人だったんでしょう、ちやほやされているすごい人なんです。そういう彼女が学区内を闊歩しているのをボーヴォワールが見ていたんですね……みたいなところから講演ははじまります。
　シモーヌ・ヴェーユがたどり着いた戦争についての考えというのは、本当にすごいと思います。マルクスやエンゲルス、ほとんどの人が、あらゆる戦争はダメだと言っていない。しかも、そのロジックにみんなが負けるんです。しかし、シモーヌ・ヴェーユは言い切ったんです。この時代における資本主義と戦争についてのヴェーユ分析はすごいものだ、ここまで言えている人はなかなかいません、というふうに、吉本さんは、熱をこめて語っています。そんなふうに彼女を語っていながら、後半になって「でもシモーヌ・ヴェーユは、こんなふうに間違っていたんだよ」という話をするんです。その厳密さ、嘘をつかないでものを見ようとする吉本さんの姿勢のようなものが入っていて、シモーヌ・ヴェーユについての講演は、ドラマもあるし、おもしろいです。
　この講演は、たしか女子大か、聴衆にたくさんの女の人がいるような会場で行われたんだと思います（梅光女学院大学主催）。なんか、僕の感じでは、女性のヴェーユのことを、女性に伝えているという感じが響いてくるなぁ。ライブの講演というものが、聴衆に微妙に影響を与えたり与えられたりするという感じも、ほかの講演と聞きくらべて、楽しめると思います。

この内容が収められている本は→『＜信＞の構造２』（春秋社・２００４年）

シモーヌ・ヴェーユ　1909〜1943
哲学者、思想家（フランス）。
数学者・アンドレ・ヴェーユを兄に持ち、哲学教師の職を得ながら、女工として工場労働を体験する。スペイン内戦に参加し、政治活動に身を投じて独自の神学思想を形成。幼い頃から病弱であったが、戦争への抗議を込めてハンストを行って絶食状態となり、34歳の若さで死去。主著『重力と恩寵』をはじめ、著作はすべて死後に出版された。

18

時間　4分13秒

1984年「経済の記述と立場
——スミス・リカード・マルクス」より

　この「地代」の規定のしかたと同時にある、生産物あるいは採集物の「価値」というものはなんなのか、ということは、どこから考えても、木の実10個採るために梯子をかけたり登ったり、もいだり、またその梯子を降りてきたりという、労働力を使ったその量が、だいたい木の実10個分の価値と等しいというふうに考えるのが、いちばんいい考え方じゃないかというのが、スミスの考え方です。

　そこにもやっぱり、スミスの中に、ある一種の歌といいましょうか、牧歌的な精神、牧歌的な思考方法、そういうようなものがあふれているように思います。

　このあふれかたというようなものは、例えば後代の経済学の高度に発達した概念から言えば、まったく素朴で、ある意味ではひじょうに間違いやすく、いろんなことを混同してスミスは考えているというふうにも、もちろん言えるわけです。

　しかしそうじゃなくて、逆にその後の経済学がすぐに失ってしまった歌といいましょうか、自然環境といいましょうか、自然と人間との関わりあいのいちばん根底のところにある問題を、いずれもスミスが見ながら、そこから経済的な概念というようなものを、全部作り上げてきている。痕跡をひじょうに見事に残していると思われます。

　だから、スミスの『国富論』を読んでごらんになった方は、すぐにわかるでしょうけども、スミスというのは、ひじょうに聡明であって、頭がいい人だなと思います。聡明であって利口、優しくて、それでなんか一種の「起源」に対して、つまり自然環境に対する、一種の思い入れのようなものをいつでも含んでいます。そのくせに、ひじょうに緻密な論理をその中に含んでいるという、たいへん見事な歌を歌っている、というようなことが、『国富論』を読むと感じることができると思います。

　この大きさといいますか、偉大さというのは、ちょっと後には考えようもないのです。文学でいえばゲーテみたいな、あるいはシェークスピアみたいな、そういう一種の巨人のおもかげを、スミスは持っています。たぶんそれはスミスだけが持っていると言ってもいいんだと思います。後にさまざまな経済上の巨人がいますけれども、スミスのような意味合いで、歌を持っていないと思います。経済学が歌を歌うことができなくなってしまったという時代的な趨向もありますし、さまざまな要因はあるんですけど、とにかくスミスのように一種の豊かな優しい歌を歌いながら、経済学の概念を作り上げていくというような人は、スミス以降に求めることはできないな、と思います。

19

時間　2分41秒

1984年「経済の記述と立場
——スミス・リカード・マルクス」より

　リカードが関心を持ったものは、例えば働く者の「賃金」が上昇すると、そのとき資本を持っている者の「利潤」に、どれだけ影響を与えるか、どれだけ「利潤」を減らすかということです。「利潤」を減らせば、作られた商品の「価値」に対して、本当は影響を与えるだろうか、与えないだろうかという問題を考えます。つまり、ひじょうに目の詰まった、3人の主要な人物が物語の中に登場して、さまざまなドラマを演じるというようなことです。

　主要な人物とは「利潤」であり「賃金」であり、商品の「価値」です。3人の主要な人物が登場してドラマを演じて、いずれかの人物が少し弱い目になったときには、あとのふたりはどうなるんだとか、そういうことです。

　物語として考えると、たいへん息苦しい物語として考えられていって、一定の物語の枠組みはすでに決

まっていて、登場する人物も決まっている。ただ、その登場人物の3者の関係が、どういうふうにあり得るだろうか。つまりAなる人物が強大になったときには、BとCはどうなるんだろうかとか、Aなる人物が衰えたときには、BとCはどうなるだろうかという、ひじょうに堅苦しい物語を描きつけるというようなものが、リカードの物語の作り方といいましょうか、リカードの経済学の経済的な関心の主要なものになってしまっているわけです。

ただ、その中に救いがあるとすれば……

20　時間　4分37秒

1984年「経済の記述と立場
――スミス・リカード・マルクス」より

リカードはスミスが作りあげた概念をそれなりに緻密に作りあげていったわけです。リカードの作りあげたものは、そのままでは、一種の現実の「鏡」――これはいちばんいいんじゃないかという「物語」としての「鏡」――を提出しただけにとどまります。しかしこれはリカードのいちばん緻密で、正当な後継者であったマルクスが、リカードの小説といってもいい「物語」に対して、さらに一種の「ドラマ」というものを、同じ経済学的な概念や規定を使いながら打ち立ててみせたということが言えるんじゃないかと思います。

マルクスの「ドラマ」の主要なテーマは、はっきりしているわけです。社会の経済的な範疇、あるいは経済的な過程というものは、自然の歴史の延長線にあるという考え方です。それがいい考え方か欠陥のある考え方かは別として、それがマルクスの描いたドラマのいちばん根底にある考え方です。

つまり、社会の経済的な範疇は自然史の延長と同じだということです。太陽の周りを地球が動いているとか、地球上にある元素があって、水素からさまざまな過程を経て作られてきたものだ、というようなことと同じ意味合いで、自然の過程の延長線と同じように考えられるのが社会の経済的な過程なんだということです。これがマルクスの描いた「ドラマ」の根本的なテーマになっているわけです。

ですから、例えばスミスが持っていた「使用価値」「交換価値」という概念も、マルクスではもっと緻密にされています。「価値」概念の出どころ、あるいは「労働」概念の出どころというのはなにかといえば、根本的に言ってしまえば人間と人間以外の自然との間の物質的な代謝関係というわけです。

人間は、例えば頭や神経、筋肉を使って、自分の体を動かしてなにかを作ったりするわけです。作ったものが商品としてできあがってくるということですから、それは言ってみれば人間と自然との物質代謝、あるいは物質交換です。それが基本的に「価値」概念と「労働」概念の根底にあるものだということが、マルクスの「ドラマ」でいちばん多く考えられているモチーフになっています。

マルクスが根底的にいちばん大きく「ドラマ」の中心的なものとして考えた対立概念はなにかといいますと、そのようにして作り、手を加え働くということ――つまり労働を積み重ねること――によって作りあげられた商品というものが、スミスの言った「使用価値」とか「交換価値」というような「価値」の概念でいったん眺めた場合には、ふたつに分裂し葛藤するものなんだということです。そのふたつは対立するものなんだということが、マルクスの「ドラマ」における基本的な概念です。

● 授業として古典経済を学ぶとしたら。

スミス、リカード、マルクスです。ここは3つまとめていきます。

この部分は、勉強とか学問って本当におもしろいんだな、と素直に思っちゃいますね。歴史に名を残した、経済学のおおもとになった人たちの並々ならぬ発見や発想を、僕らは役に立てることもできるし、こん

なに味わうこともできるんだよということを、吉本さんが聞かせてくれています。お喋りのしかたは上手じゃないですけど、経済についてこんな授業をしてくれる学校の先生がいたらいいですよね。
　語られているのは経済の話です。経済というものは、独自に金勘定としてあったわけじゃなくて、アダム・スミスの歌を詠むような視点からはじまっている。それが、リカードを通して進化していって、劇作家のように「対立の構造」を描くマルクスに至る。このイメージを、今、社会に出て働いている人たちが覚えているとおもしろいと思います。今やっている仕事がどういうふうに経済というものの根源から離れているのか、またはヒットしているのか、そういうことを考えるものさしになると思います。
　この講演は、とてもよく練りこんである、いいメモを作って出かけていった講演のような気がします。表現として、ものすごくよくできています。本当に、ここだけ勉強しておくだけで、お得と言えます。経済学部、法学部の人、学生さんにもみんなおすすめです、って言いたいくらいです。学びの愉しみというのも、吉本さんの話の中にたっぷりありますよね。

アダム・スミス　1723〜1790
経済学者、思想家（イギリス）。
「使用価値」や「交換価値」、「労働価値説」といった概念を生み出し、市場経済には「神の見えざる手」が働いてると説く『国富論』を発表。「経済学の父」と呼ばれる。また、哲学者としても『道徳感情論』などの著作を残した。

デヴィッド・リカード　1772〜1823
経済学者（イギリス）。
実業家として富を築きながら、アダム・スミスの『国富論』を読んで経済理論の研究に向かい、古典経済学を完成に導いたとされる。主著に『経済学および課税の原理』がある。

カール・マルクス　1818〜1883
経済学者、哲学者、思想家（ドイツ）。
古代ギリシアの自然哲学の研究からスタートし、ヘーゲルの考えを独自に発展させて資本主義社会の構造と矛盾を分析、社会主義の理論を体系化した。その思想は後の世界史に大きな影響を与え、構造主義に至るまで思想家や文学者に与えた影響も計り知れない。著書に『資本論』『経済学批判』など。

21　時間　4分49秒　　　1990年「都市論としての福岡」より

　つまり僕らの考え方からしますと、消費社会と言いますけど、消費ということと生産ということとは同じなわけです。誰かが生産するときに、必ず何かを消費しているわけです。
　例えば僕なら僕がどこかへ行って働いたり、ここでお喋りしたとします。僕は何かを生産していると考えるとすれば、知識を生産してそれを伝達してるんだということになるのかもしれないですけど、同時に、僕自身がエネルギーを消費してることになります。一般的に言いまして、生産と消費というのは同じことなわけです。また、消費というのは生産と同じことなわけです。
　ところで、消費社会というのはどういう社会かといいますと、生産と消費との間に、時間的なズレと、空間的なズレが生じます。たとえばここで僕がエネルギーを消費していることと、これが何かを生産していることになるかは、時間的、空間的にずれたりします。そういうことがはなはだしくなってきますと、いわゆる生産社会と消費社会の区別をしなきゃならないふうに、あるいは別々に考えなきゃならないような、

場面に立ちいたるわけです。

　それが極度に進んでいきますと、消費は消費としてひとり歩きしているように見える。それから、生産は生産としてひとり歩きしているように見える。両者の間に関連なんて考えられそうもない、というふうにまでなったときに、「消費社会だ」と言うことができると思います。

　それが典型的にあらわれるのが、第三次産業です。流通業やサービス業の「どこでエネルギーを消費して、どこで何かの生産に役立っているのか」ということに対して、中間にさまざまな段階を置かなければ関連づけることができないくらい、空間的時間的ずれがはなはだしくなっている。それが第三次産業の特徴です。けれども、その第三次産業が全体として50％を越えてしまった社会——つまり、そこでは大部分の産業が、生産していることと消費していることがあたかも何の関連もないかのように見える、空間的なずれと時間的なずれを生じちゃっている。

　何かを消費していることは、必ず生産してることなんです。レストランへ行って、何かうまいものを食べてお金を消費したということが、何の生産につながっているのかというと、それはもちろん栄養を取ることによって身体の生産につながっていると言うことができます。明日になったらまたそれが働いて、職場でそれを生産に使うというようなことでつながりもありますけど、その種のつながりが、空間的時間的に隔たってしまうのが第三次産業の特徴なわけで、またこれが消費社会の特徴であるわけです。

　ですけれども、本来的に言うならば、生産社会と消費社会とを区別することはないです。生産は即消費でありますし、消費はまた即生産でありますし、そういう意味合いでは、本質的に言って、ちっとも変わりがないわけです。ただ、今言いましたように、現象的に見ますと、消費社会と言われる社会ほど、生産した場面と、その生産がどこかで消費につながっている場面とが、空間的にも時間的にもずれを生じて隔たってしまっているという、それが消費社会の特徴になっています。ここで言えば第三次産業というようなことになってあらわれてきているわけです。

　この消費社会のイメージが、つまり第三次産業が50％以上になり、また選択的な消費が、消費者の側から言えば半分以上になった、こういう社会が、現在の福岡社会の実態です。また、日本国全体で言いましても、そういう社会になっています。

🔴 現在の社会を考えるための「共通理解」とは。

　消費社会論って、何回聞いてもよくわかんないとも言えるんです。「わかんない」って言うと変なのですが、きっと、身にしみてわかっている人の数が少ないんだと思います。同じようなことが「情報社会」という言葉にも言えると思います。言葉をわからずに使っている時代が長くなりすぎてしまったんですね。「消費社会」という概念が、本当に身にしみてわかると、労働生産性のことなんかについても、比重を変えて考えられるようになると思います。

　例えば、かつては、みんなが消費者になる時間が与えられないほど生産する、ということがいいこととされてきたわけでしょう。無闇に生産性を上げても意味はないんだけど、前の時代からのつながりで、どうしてもやっちゃいます。「仕事と生活のバランスを」などとよく言われますが、そうしないと景気も悪くなるということを含んで考えないと、ただの学級会の申し合わせみたいになっちゃう。ここをロジックとして、ちゃんとわかってるかどうかは、重要なところだと思います。「消費社会」については、根本の部分を何回自分に言い聞かせてもいいと思っています。

22　時間　48秒　　　　　　　　　　　　　　　1990年「都市論としての福岡」より

　都市って、最後までお聞きくださるとわかると思うんですけど、本当を言いますと、都市っていうのは、よくわからないんですよ。なんでこんな都市というものができるんだろうか。できちゃったら大きくなっちゃったり、変なものができてしまったりするのはどうしてなんだろうか。都市というのはいったいなんなのかは、本当はよくわからないところがあるんです。
　でも「よくわからない」というところに行く前に、やっぱり「よくわかる」というところからつかんでいくことが重要ですから、よくわかるところから申し上げてみたいと思います。

23　時間　1分46秒　　　　　　　　　　　　　　1990年「都市論としての福岡」より

　それはこの4番目に都市化の要因というふうに書いておきました。つまり、どういうところで都市ができあがるか、あるいはどういう原因、要素があれば、都市はできあがって、大きくなったりするか。どういう要因があると、都市はいつの間にか衰えちゃって、過疎地帯になっちゃったり、いつの間にかなくなっちゃったりするか。そういうことにいくつかの、誰にでもわかる、誰にでも拾える要素があります。それをちょっと挙げてみます。
　第一は、所得が多いところに人は集まるだろうか、ということです。人が集まるということは都市ができるということです。みなさんも僕もそうだと思うんだけども、確かにそうじゃないかな。「自分がいるところよりも、福岡市に行ったら8時間働いても所得が2倍ぐらい貰えるんだ」ということであれば、九州のほかの地域の人は、福岡市にやってくるだろうか。フィリピンにいるよりも日本にきて働いたほうが、10日も働けばもうひと月分の費用ぐらい貰えるんだというんで、フィリピンの人は日本へくるだろうか。そういうふうに考えますと、一応の答えは、やっぱり誰でも思うようにイエスだと思います。

●「ふつうに考えたらわかるでしょう」という考えからの都市論。

　22、23をつなげて解説します。ここは吉本さんが聴衆に向けて「どうわかるかな」と、すごくていねいに喋っているところだと思います。都市が大きくなるということと人の気持ちが実はシンクロしてるんだよ、ということを、吉本さんはお話ししています。
　稼げる場所に行くのは当たり前じゃないか、ということは、学者として考えたら難しいことだけど、「君だって、君んちの誰かさんだって、そうでしょ」という言い方で伝えます。稼げるところに人が集まるという当たり前のことは、ひとりのなんでもない人間として考えればわかるんですよ、そういう話をしているんですよ、と言っています。
　都市というものは、どんどん大きくなりますけど、もともと得体の知れないものです。これは次の24に出てくる部分ですが、賃金、教育、単身赴任、いろんな人たちの生活の優先順位が都市をつくりあげていくんですね。そうあってはいけないとか、まずいだろうということじゃなく、「そういうものですよね」という事実から出発して、さらに思考を進めていきます。

24
時間　2分37秒　　　　　　　　　　　　　　　　　　　　　1990年「都市論としての福岡」より

　低成長期になりまして、第三次産業がだんだん多くなった時期については、必ずしもそういうことが言えないということになってきます。所得が高いところに人は確かに集まってくるというのは、ひとつの要因でありますけど、それならば逆に言いまして、所得を高くすれば人は集まってくるか——例えば福岡市が労働賃金を高くしたら人はいっぱい集まってくるだろうかといいますと、確かにそうだ、集まってくるということは、まあまあ言えます。

　しかし、それだけで人が集まってくるとは限らない。第三次産業が大部分を占めてきてしまうような、いわば高次の産業が盛んな社会では、消費活動が盛んですので、消費に便利なところはいくら（ほかの都市の）賃金が高くても動きたくない。映画を見たり、遊んだり、演劇を見たりとか、そういうことに便利だから、ここは動きたくない。あるいはこれも第三次産業ですけど、子どもが学校を受験するのに都合がいい。あるいは近くに教育施設があるために、教育費があまりかからないからここは動きたくないというふうに、消費が多くなった社会では他の要因が大きくなります。

　ですから、必ずしも賃金だけ高くすれば人は集まるかといったら、決してそうじゃない。言ってみれば、極端な場合には、単身赴任になっちゃうわけです。高い賃金貰う親父さんだけ行けばいいじゃないか、あとは受験勉強はこっちでやって、学校もこっちで入って、働いたお金は送ってくれればいいというようなかたちで、出稼ぎといいますか、単身赴任というようなかたちになってしまうというのはなぜかといいますと……

●「現在」を予言してきた人として。

　「経済」だの「都市」だのという問題も、自分の身にあてはめて考えると、本当はわかる話のはずなんだということに、「へぇー」と思える部分です。吉本さんは福岡という地で「みなさんのまわりにこういう例がいっぱいあるでしょう、自分も含めて」というふうに、とても身近なアプローチから論を進めています。

　ロジックとして表現する部分と「自分の気持ちでわかるでしょ」というのが一緒になる……これは、難しそうに見える吉本さんの文体もそうだし、話し言葉もそうですね。すごく難しいことが入ってきたかと思ったら急に感情を揺さぶるような、「冗談じゃねぇ」と言うようなところがあります。あの言葉の感覚と、吉本さんが実際に話している内容とは、わりに合ってるような気がします。

　ですから、経済の話だといって敬遠しなくてもいい。わかります。なぜならば、吉本さんは、高い場所から考えるんじゃなくて、自分のこととして「なるほどな」「胸に手をあてたらわかるよ」というふうに表現しているからです。経済の話だって、こんなふうに聞けるんだなという部分を切り出しています。

25
時間　4分48秒　　　　　　　　　　　　　　　　　　　　　1988年「日本経済を考える」より

　なんといいますかね、素人であるか玄人であるかということよりも、経済論理というのは、大所高所といいますか、上のほうから大づかみに骨格をつかむみたいなことが特徴なわけです。それがないと経済学にならないということになります。

　そうすると、もっと露骨に言ってしまえば、経済学というのはつまり、支配の学です。支配者にとってひ

じょうに便利な学問なわけです。そうじゃなければ指導者の学です。

　反体制的な指導者なんていうのにも、この経済学の大づかみなつかみ方は、ひじょうに役に立つわけです。ですから経済学は、いずれにせよ支配の学である、または、指導の学であるというふうに言うことができると思います。

　ですからみなさんが経済学の――ひじょうに学問的な硬い本は別ですけど、少しでも柔らかい本で、啓蒙的な要素が入った本でしたら――それは体制的な、自民党系の学者が書いた本でも、それから社会党、共産党系の学者が書いた本でも、いずれにせよ自分が支配者になったような感じで書かれているか、あるいは自分が指導者になったような感じで書かれているかのどちらかだということが、すぐにおわかりになると思います。

　しかし、中にはこれから指導者になるんだという人とか、支配者になるんだという人もおられるかもしれませんし、またそういう可能性もあるかもしれません。けれどもいずれにせよ今のところ大多数の人は、なんでもない人だというふうに思います。つまり一般大衆といいましょうか、一般庶民といいましょうか、そういうものであって、学問や関心はあるかもしれないという人だと思います。

　僕も支配者になる気もなければ、指導者になる気もまったくないわけです。ですから僕がやるとすれば、もちろん素人だということもありますけど、一般大衆の立場からどういうふうに見たらいいんだということが根底にあると思います。

　それは僕の理解のしかたでは、たいへん重要なことです。経済論みたいなのがやっているのを――社共系の人でもいいし、自民党系の人でもいいですが――本気にすると、どこかで勘が狂っちゃうと思います。指導者用に書かれていたり、指導者用の嘘、支配者用の嘘が書かれていたり、またそういう関心で書かれていたりするものですから、本気にしてると、みなさんのほうでは勘が狂っちゃって、どこかで騙されたりします。

　だからそうじゃなくて、権力や指導力も欲しくないんだという立場から経済を見たら、どういうことになるんだということが、とても重要な目のように思います。それに目覚めることがとても重要だというふうに、僕は思います。それがわかることがものすごく重要だと思います。自分が経済を牛耳っているようなふうに書かれていたり、牛耳れる立場の人のつもりで書いているなという学者の本とか、逆に一般大衆や労働者の指導者になったつもりでもって書かれている経済論とか、そういうのばっかりがあるわけです。それはちゃんとよく見ないといけないと思います。

　そうじゃなくて、みなさんは自分の立場として、自分はなんなんだと。どういう場所にいて経済を見るのかを、よくよく見ることが大切だと思われます。こういうことは専門家は言ってくれないですからね、ちょっと僕が言ったわけですけども。

🔴 経済や政治を語るとき、なぜ人は偉そうになるのか？

　経済の問題や、政治の問題を語るときって、自分が為政者になったつもりで語ります。「みんなによかれと思って」という仕事をする人はいるし、そういう立場で考えなければならない人もいるんだけども、そうじゃないところにいる自分の考えを組み立てるなら、ダメなんです。

　大づかみにものを見ないでいると、もしかしたら「目の前のことで右往左往するな」って言われるかもしれません。けれども、みんなが「俺に言わせりゃ」と、総理大臣になったような話をしてたら、答えなんか出ないんじゃないでしょうか。「ああ苦しくなったなぁ」という実感や、「いま何がどうなってるから、こうしよう」ということが、きっと何かを導き出すし、それは自分自身の目でものを見ることができるかできないかにかかっています。

理屈っぽい論争は、ああだこうだと、いつまでも続けることができるんです。その人自身の実感と立場とがきちんと合った話をできる人ってなかなかいないんですよ。吉本さんの話は、そこのところの切り分けが、ちゃんとできています。
　経済の話をするときは、すごく単純に言えば、「俺にもっと金をくれ」というような実感をみなもとに持ってたって全然構わない。そういう考えを持っているんだけど、それがどううまくいくか、いかないか、なぜなんだろう、こうなればいい、ああなればいい、と考えればいいんです。自分のホームの上で考えることをせずに、高いところにみんなが登って考えるから、必要以上に難しくなったり、他人に対して抑圧的になってしまったりするんですね。
　さまざまな問題というのは、難しくなく、自分の素直な気持ちで考えうるんだ、ということを味わってもらいたいです。「あらゆる問題は考えることができる」というのが、吉本さんの方法だと思うんです。吉本さんのやり方は、いつもそうです。誰もが持てる材料をもとにして「ここまでは考えられます」というところを、きちんと考えているんですよね。
　吉本さんは政治や経済について、たくさん語っていますけれども、専門的なブレーンがたくさんいるわけじゃありません。ソースはなにかといえば、新聞です。科学的な研究の成果も、政治的な問題も、たいがいふつうの新聞に書いてありますし、新聞をよーく見ると、どの要素と要素が、どう結びついているかがわかってくるというんです。みんなが手に入れられることをもとに、ここまで考えられるということが、わかります。
　実は、僕は経済のことを考えるのが苦手だったんです。でも、経済のことを考えないようにしていたら幸福かといえば、そんなことはない。わかったほうが、目の前が照らされて明るくなりますよね。吉本さんに照らされた世界は、歩みやすくなる、というふうなことも言えそうです。

26　時間　56秒　　　　1987年「農村の終焉」より

　それから国家というのは、いいですか、国家というのは要するに、ある歴史があるときに国家というのが発生したんであって、人間が必要上作ったのであって、これはあるときに人類の歴史とともにあったんじゃないんですよ。歴史のあとの段階に必要上できたのであって、あるときに必要上できたものは、あるときに必要上消滅するに決まっているわけですよ。
　だから、長い目で見れば、国家なんてやがて消滅するんです。そんなことは、もう論議の中に入っていなければいけません。歴史の途中に必要上できたようなものは、歴史の途中にまた必要上、要らなくなったらなくなります。そして、国家なんかなくて、民衆が対等に交流できる、そういう社会が理想の社会の前提条件であるし、人間が平等に階級なしに生活できるための前提条件なんだ。

● 僕らを自由にするための道具として。

　国家、民族……つまり、吉本さんが「共同幻想」と呼ぶ概念がありますが、「それはなんなんだ」ということがわからないと、つい、どこかに連れて行かれちゃうんですよ。「国のために」と言う人も「国のためなんかじゃなく」という人も、同じように間違う可能性がいつもあるから「もともと、なんだっけ？」をいつも考えようとすることが大切なんだと思います。
　『智慧の実を食べよう。』という講演の本やDVDの中にありますが、「ほとんどのみなさんが『国』とい

うと、自分の生まれた場所の山や川や、草木の一本一本や、友達の総合と思っていると思いますが、『国』とは政府のことを言うんです」って、ボーンと投げ出すように吉本さんは喋っています。

けしからんと思われるような国の振る舞いが、その時代時代に、あちこちにあります。でもそれは「国」がやってるんじゃなくて指導者がやってることですよね。それを「けしからん」と、その国のお茶の間の人たちを蹴飛ばすわけにはいかないんです。そこが「違うもんだ」とわかるかわかんないかは、大きいところですよね。こういうことをみんながわかってるというだけで、生きやすくなる気がします。僕は、ほんとうの思想って、僕らを自由にする道具としても使えるんだなぁと思っています。

27　時間　5分16秒　　　　　　　　　　　　1984年「親鸞の声について」より

つまり、この言い方はひじょうに難しいと思いますけれども、難しいからあまり通俗的なふつうの言い方をしてはいけないのですけれども、こういうことはしばしば誰でもやっちゃうことなんです。僕らでもそうだけども、そういうことはうんとよく注意するんですけれども、やっちゃうんです。

だいたい、いいことをしているときとか、いいことを言っているときというのは、図に乗ることが多いわけですよ。逆なことを言いますと、他者が悪いことをしているという場合には、けしからんじゃないかというふうになってしまうことが多いわけなんです。だから、なんです。

だから、それはそうじゃないのであって——だいたい人間というのは、微妙なところで言いますと、いいことをしていると自分が思っているときには、だいたい悪いことをしていると思うとちょうどいいというふうになっているんじゃないでしょうか。それから、ちょっと悪いことをしているんじゃないか、というふうに思っているときは、だいたいいいことをしていると思ったほうがいいと思います。つまり、そのくらいでバランスが取れるんじゃないかと思います。

それが、人間の中での善悪というもの、あるいは倫理といいましょうか、善行・悪行というようなものにおける、ひじょうに大きな微妙な問題なんです。

いい行い、悪い行いというものが、自分の心の中だけにあるときにはいいのですけども、それがいわば行為としてあらわれるときには、いいことをしているのを見てて不愉快な場合というのがたくさんあるわけですよ。「不愉快だな、あいつ。あいつがいいことをして不愉快だな」というふうに思うときが、みなさんもおありでしょうけども、僕もあります。

例えば電車の中で、お年寄りに席を譲ったとします。それだけ取ってくればいい行いなんだけども、人によりまして「なんかおもしろくないな、見てると」という譲り方をしている人もいますし、照れくさそうにして譲っている人もいます。つまり、少なくとも照れくさそうに譲っているときには、まあ悪い気持ちはしないなというふうに思うけども、なんとなくいいことをしているみたいに譲っていると、おもしろくないなというふうに思うことがあるでしょう。自分でも、よくよく気をつけて、よさそうなことをしているときには、よくよく照れくさそうにして、気をつけているんですけども。それでもときどきそうじゃなくて、やっぱり排他的になってしまうということはあるわけです。

人間の中における善悪というもの、あるいは倫理というものは、ひじょうに微妙な問題なので、この問題はさまざまなところで、なにか僕らもやりきれないというふうに、ひしひしと身に迫ってくるという感じがあります。

例えば、たくさんの人がいるところでたばこプカプカ吸ったりすると、よろしくないというふうに——

確かによろしくないんですけども——今度は逆な意味で、あなたがたばこを吸うのはけしからん、というふうに言うとします。それは確かに悪いことを言っているんじゃなくて、いいことを言っているんですけど、たいへんおもしろくないなということは、あり得るわけです。ましてこれは嫌煙権の権利があるから、法律を決めようじゃないかというようになってくると、はなはだおもしろくないということがあります。つまり、そういうことは、たばこを吸うとか、ご飯を食べるとか、身辺で日常やっていることの中に善悪の問題が、現在でもほら、ひしひしと迫ってくるでしょう。そうすると、ものすごく息苦しいでしょう。いいことばっかり言うやつと、いいことばっかりやるやつが、身辺に満ちてくると、そうすると「なんじゃこりゃ」と、ものすごくなにか息苦しくなるということがあるでしょう。

　なぜ息苦しくなるかというと、それは親鸞に言わせれば、この人たちは善悪ということを本当は知っていないんだよ、ということです。つまり「いいことをしているときは、だいたい悪いことをしていると思ったらちょうどいいんだよ」ということを本当は知ってないんだと。親鸞という人は、鋭敏にそのことを突き詰めた人だというふうに思います。信仰と善悪が、どうやってつながるかというと、たぶんそれは逆につながるんだという言い方を、親鸞はしていると思います。

🔴 なんども噛んで、なんども口に出してみたい話。

　親鸞については、吉本さんがそのまんま喋ってる部分がたくさんありますから、吉本さんだか親鸞だかわかんなくなっちゃってるところがあります。

　吉本さんは、親鸞という、とんでもなく昔にここまで突き詰めて考えた人がいるんだということを、いろんなところで言っています。今よく言われる小さい発見や研究の右往左往じゃなくて、人間がどういうものかを少なくともこんな昔にここまで考えた人がいた。そのことへの尊敬を感じます。吉本さんは僕らに「古典を学べ」というんじゃなくて、昔の人がこんなふうにここまで辿りついてたんだなぁって、本当に感心している姿を見せているんです。『万葉集』についても、吉本さんはおなじように「こりゃすげぇな」と言いますね。

　親鸞については、同じ話を何回聞いてもおもしろいんですけど、いいことだと思ったら悪いことをしてるように思え、って……すごいものです。僕は若い頃、吉本さんの『最後の親鸞』（ちくま学芸文庫）という本に出会って、打ち震えました。たくさんの人がこの入口を見て「ああ！」と思ってくれればうれしいです。仏教の研究をしたり、勉強をしたり、おつとめをしたりする気構えもまったくなく、実は思想の最高地点にすっと行けちゃうんだ、というところがおもしろいし、見事ですよねぇ。

この内容が収められている本は→『未来の親鸞』（春秋社・1990年）

親鸞　1173（承安3）〜1262（弘長2）
鎌倉時代の僧侶。浄土真宗の開祖。
肉食妻帯を公言し、全国を渡り歩いて「絶対他力」の教えを説いた。「悪人正機説」や「造悪論」など、提起した問題は現代でも古びることがない。生前の著書に『教行信証』『三帖和讃』、死後弟子の唯円がその教えをまとめた『歎異抄』がある。

28

時間　4分8秒　　　　　　　　　　　　　　　　　　　　1988年「親鸞の還相について」より

　しかし、もうひとつあるんだと。「死」がどこにあるかは難しいことですけど、しかし「死」のほうから今の自分を、向こうから照らし出したら、どういうことになるだろう。今、自分が考えていることが、どういう問題として出てくるんだろう、ということがあります。
　それから、自分がこっちから「向こう」に向かって、「やがて俺も死ぬんだ」というふうに考えている考え方とか、「もう少し自分はいろんなことをやり遂げて死にたい」とかいうふうに考えていることは、こちらから「向こう」に向かっているからそう考えているんだけども、「向こう」からこっちに向かう視線を仮に想定し、同時に行使したら、その問題はどういうふうに見えるだろうか。あるいはどういうふうに「死」の問題というのは見えるだろうか、ということがあると思います。
　それから今度は、そういうふうに見通して、自分は心の問題として「死」の問題をまたこちらから「向こう」に向かって考える。また今度は「向こう」から——「向こう」というのはよくわからないところですけども、しかしたぶん親鸞ならそれは「正定聚」の位だと、こう言ったかもしれない、そういう場所なんですけど——浄土が見える場所から、こちらの自分の考え方というのを見たらば、どういうふうに見えるだろうかという課題を、また追求し、また考える。
　比喩で言えば、こちらから「向こう」へ「死」に向かってものごとを考えていくという考え方、それから「向こう」からこちらに向かってものごとを考え、心の問題を考えていくという考え方と、いわば自在に——自在とはどういうことかもわかりませんけど——それを往復することができる、そういう問題にして、精神、心の問題としての「死」を、やっぱり一転「生」として見たり、境界をつけて我々はひとりでに考えちゃうというわけです。その境界は本当はないんだよというところまで、心の問題としての「死」を「向こう」からの視線とこちらからの視線を往復させて、ここから「死」でありここから「生」であるというようなことは、厳密に言うとないんだよ、というところまで追い詰めることができたら、僕自身はそこまで行けたらいいなと思っています。
　決して追い詰め尽くしているわけでもないんですけども、自分の心の問題も含めて、あるいは心が「怖くてしょうがない」とか「なんか嫌だな」「あんまり死にたくもないな」と思ったり、辛いことがあると「めんどくせぇな」「生きているのがめんどくせぇな」というふうに思ったり。まあ刻々揺れているわけですけども、そういう問題を、そういう自分を、「向こう」から照らし出したり、こちらからまた悩んでみたりというようなことが往復して、「死」の問題が、やはり境界の問題じゃない、生老病、そのうちに死というような境界がつけられる問題じゃないんだよというところの「死」という問題まで到達できたら、あるいは追及することができたらいいなというふうに、僕自身は考えています。

🔴 考えは、音楽のように味わえるものなので。

　ぜひ音声をこのまま聞いて、味わってほしいところです。聴衆として、わからないんだけどわかったような気がするというところに、ぷらーんとぶらさがっちゃいます。きっと「わかってないかもしれないな」と思うほど気持ちがいいと思いますよ。言葉どおりに聞けば、「そういうことでしょ」って言えるんですけど、きっとそうじゃないですよね。
　「宇宙は膨張してるんです」って話を聞いたときには「はい、わかりました」って思いますけど、わかんないですよ、宇宙が膨張してるってことを、本当は。それと同じように、この話も言葉の後ろにいろんなものが潜んでいるんだと思います。

死と性については、みんなが材料を持っています。語りたくないという面と、強く興味があるという面が複雑にからみ合っているので、他人ととんでもないところで会えるんですよ。男がワイ談したがるのも「そうそう」って、どっかで会いたいからなんでしょうね。死の話も「俺も怖いんだよ」って聞くだけで、ちょっとうれしかったりします。

　吉本さんは数年前に海で溺れて、身体の自由がきかなくなって、吉本さんなりに「死んじゃえばいいのかな」って思ったことがあったらしいです。でも、死というものは自分で決められるものじゃない、自分に属しているもんじゃない、とわかったそうです。吉本さんなりに、ジタバタなさったのかもしれません。

　死は、僕自身もそうだし、ほかの人の発言を聞いていても思いますが、歳を取ってからのほうが問題が大きくなります。「いっぱい生きたからもういいや」っていう人はなかなかいないですから。

　ですから、この部分は、こういう４分くらいのサイズの歌があると思って聞いて「今日はなんか違うところがわかったみたいな気がする」みたいにして、活用してください。マッサージのように、「ああ、楽になった」とか、「うう、かえって痛てぇじゃねぇか」というように。

この内容が収められている本は→『未来の親鸞』（春秋社・1990年）

29 　時間　13秒　　　　　　　　　　　　　　　　　　　1994年シンポジウム太宰治論

　僕は、あんまりそういう、なんと言ったらいいんでしょう、なんとなく持ち時間がないぞという感じがあるものですから。

🔴 去り際のごあいさつ。

　冒頭にあいさつを入れましたので、最後はさようならというあいさつを入れました。ちょっとお茶目にね。

　持ち時間がないもんですからって、吉本さんは、いつも言ってるような気がします。講演でも短くすませることができなかったみたいですね。思うこと、しゃべりたいことが多すぎるくらいあるみたいです。いつも吉本さんとお喋りしているときも、「そろそろ時間ですね」と、締めるのは僕の役になっています。というわけで、この「立ち聞き」のお終いも、僕が勝手に決めさせていただきました。

　74分間、思ったより短く感じたのではないでしょうか。吉本隆明さんの講演記録は、ずっと聞きっぱなしでも２週間かかるくらいの埋蔵量がありますので、これからもいろんなかたちで、たっぷりおつきあいいただけます。

　では、ひとまず。どうも、ありがとうございました。

　以上、音源のピックアップと解説みたいなものは、糸井重里がつとめさせていただきました。

気どりとは、ごく自然に表出されていて、これはいつもわたしが学ばんとして現在も学びえていないところだ。何だか世界じゅう総崩れみたいに思える現在の情況を重くもなく、軽くもない足どりで歩いている人がここにいるという感じだろうか。

と思えた。ではお前の記憶にまちがいはないかと問われたら自信がない。著作の年譜を作ってもらえた知人たちの記述にたよるほかないが、そこまでは確かめなかった。糸井重里さんと「ほぼ」糸井さんの事務所周辺の人々（わたしも加えてもらえば）の文章と対談の部分は興味津々読ませていただいた。糸井さんが本性としてもっていると思えるほど確かな調和力と気配りとは、ごく自然に表出されていて、これはいつもわたしが学ばんとして現在も学びえていないところだ。何だか世界じゅう総崩れみたいに思える現在の情況を重くもなく、軽くもない足どりで歩いている人がここにいるという感じだろうか。

あとがき

とくべつ気をつけて読んだのは自作の年代のところだけだった。わたしの記憶のかぎりではそこにまちがいはないと思えた。お前の記憶にまちがいはないかと問われたら自信がない。著作の年譜を作ってもらう知人たちの記述にたよるほかなかったでは確かめなかった。糸井重里さんとほぼ糸井さんの事へ所周辺の人々へわたしもしたらえばこの文章と対談の部分は興味深くよませていただいた。糸井さんが本格としてもっているとと思えるほど確かな調紙力と気

吉本隆明

吉本隆明の声と言葉。

その講演を立ち聞きする74分

2008年7月20日　第1刷発行

監　　修	吉本隆明
編集構成	糸井重里

音源編集	内田伸弥
音源提供	宮下和夫（弓立社）
写真提供	吉田純（ジュンフォト）
	海雪
制　　作	ほぼ日刊イトイ新聞
発 行 所	株式会社東京糸井重里事務所
	〒107-0062　東京都港区南青山5-10-2
	ほぼ日刊イトイ新聞
	http://www.1101.com/

印刷・製本	凸版印刷株式会社

Ⓒ TAKAAKI YOSHIMOTO+SHIGESATO ITOI+HOBO NIKKAN ITOI SHINBUN
　Printed in Japan

ISBN 978-4-902516-19-7

定価はカバーに表示しています。
法律で定められた権利者の許諾を得ることなく、本書の一部あるいは全部を無断で複写複製することは、著作権法上の例外を除き、禁じられています。
万一、乱丁落丁のある場合は小社宛store@1101.comまでご連絡ください。
なお、この本に関するご意見ご感想をどうぞpostman@1101.comまでお寄せください。

特典

吉本隆明さんの講演を
フルバージョンで聞いてみたい方へ。

おすすめ講演
無料ダウンロードをどうぞ。

このCDでご紹介した吉本隆明さんの声と言葉は、
これまで何十年も行われてきた吉本さんの講演の中から、
ほんの少しずつをピックアップしたものです。
それぞれの講演は本来、短いもので約50分、
長いものだと200分以上の長さです。

吉本隆明さんの話をもっと味わってみたい、という方に、
2本の講演をまるごと無料で
ダウンロードしていただけるようにしました。
パソコンをお持ちでしたら、どうぞお試しください。

吉本さんの講演音源170本以上の中から、
『吉本隆明の声と言葉。』の特典として
ダウンロードしていただける講演は、次の2本です。

1 太宰治
（1994年の講演）197分

2 日本経済を考える
（1988年の講演）123分

次のページへ（点線を切り取ってください）→

1 太宰治
（1994年の講演）197分

内容紹介　　　　　　　　　　　　　　　音質 ★★★★★

太宰治という人は、僕がお会いしたときには、まことに見事に、常識でいう社会的な善と悪が、ちゃんとひっくり返っている人になっていました。一般的に人がいいことだと思っていることはぜんぶ悪いことで、悪いことだと思っていることはぜんぶいいことだというふうに、揺るぎない自信で完全にひっくり返っていました。学生時代でしたが、ああ、すごい人がいるんだなと思ったのを覚えています。

1994年7月28日　有楽町・よみうりホールにて
この講演の原題は「太宰治──『お伽草紙』『斜陽』『人間失格』」。
音源は主催者提供で、クリアに録音されている。

2 日本経済を考える
（1988年の講演）123分

内容紹介　　　　　　　　　　　　　　　音質 ★★★★

露骨に言ってしまえば、経済学は支配の学です。そうじゃなければ指導者の学です。反体制的な指導者にも、大づかみにすると、経済学は非常に役に立つわけです。みなさんの中にはこれから指導者になるとか、支配者になるという人もおられるかもしれませんし、また、そういう可能性もあるかもしれません。けれども今のところ大多数の人は、何でもない人だと思います。僕も支配者になる気もなければ、指導者になる気もまったくないわけです。ですから、僕がやるとすれば、もちろん素人だということもありますけど、一般大衆の立場からどういうふうに見たらいいかということが根底にあると思います。僕の理解の仕方では、それはたいへん重要なことです。

1988年3月12日　寺島図書館3階読書室にて
主催者が18年間以上保存していた音源を提供。
講演冒頭が欠けているが、非常にクリアに録音されている。

インターネットブラウザのアドレスバーに
下記のURLを打ち込んで、
この2本の講演をダウンロードしてください。

http://www.1101.com/yoshimototakaaki/sp/

※ダウンロードページ（上記のアドレスで表示されるページ）の手順に従って
ダウンロードしてください。
不明点などは、ページ内に表示しているメールアドレスまでお問い合わせください。

YOSHIMOTO TAKAAKI
吉本隆明 五十度の講演
（監修　吉本隆明）

厳選50講演を
フルセットで手もとに。
豪華版CDセット、
限定発売。

豪華版限定CDセット
50,000円（税込み）

パソコン再生用MP3セット
28,000円（税込み）

全国紀伊國屋書店および「ほぼ日刊イトイ新聞」で販売。

（豪華版限定CDセット、イメージ図
デザインは変更になる場合があります。ご了承ください）

1960年代から、吉本隆明さんはたくさんの講演を行ってきました。
その多くは、録音されて残っています。
主催者が録音したもの、客席からカセットテープで録ったもの、
集まった音源は170講演以上。
その中から吉本隆明さんが監修し、講演の「ベスト50」を選びました。
50回分の講演に絞り込んでも、総計6943分（約115時間）、
たっぷりのボリュームセットです。音源はできるかぎりノイズを取り除き、
すべてデジタルデータ化して、CD、DVD-ROMに収めています。
吉本隆明さんは、それぞれの講演の前には、
一本の論文を仕上げるような準備をしていたそうです。
講演ごとに独立した発見やテーマが用意されていて、驚かされます。

YOSHIMOTO TAKAAKI

「ほぼ日刊イトイ新聞」の吉本隆明さんのコンテンツ

糸井重里が編集長をつとめるインターネットサイト
「ほぼ日刊イトイ新聞」では、
吉本隆明さんと糸井重里の対談をいくつか掲載しています。

日本の子ども
http://www.1101.com/nihonnokodomo/
いじめ、遊び、我慢、家族の事件。
子どもたちや学校がかかえるさまざまなことについて、
吉本隆明さんにお話を伺いました。

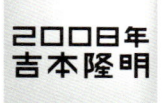

2008年吉本隆明
http://www.1101.com/2008yoshimoto/
「2008年から4〜5年間は流動的な時期で、その先には何かがある」。
世界の動きと政治の動向を軸に、吉本さんが2008年という年を語ります。

親鸞 Shinran
http://www.1101.com/shinran/
鎌倉時代のひとりの僧侶が、
現代に生きる私たちの中にどんなふうに生きているのか。
親鸞を解体するように紹介していきます。

吉本隆明・まかないめし。
http://www.1101.com/makanai/
「ほぼ日刊イトイ新聞」創刊の年から連載された対談。
「吉本家のまかないめし」のような世間話のなかから、
吉本さんの「考えというごはん」をお届けします。

──────────────────────────────

『吉本隆明　五十度の講演』CDセット、MP3セットのお申し込み、
そのほかのプロジェクトの情報は
http://www.1101.com/yoshimototakaaki/
でどうぞ。

『吉本隆明　五十度の講演』CDセットは全国紀伊國屋書店でも販売しています。